www.united-pc.eu

Johanna Wolfsberg

Portrait eines Namenlosen

Prolog

Eines Tages stand sie vor mir. Die grüne Vase auf dem Schreibtisch. Ohne zu wissen, wie sie dort hingekommen war oder wer sie dort hingestellt hatte, hob ich sie auf, drehte und wendete sie und suchte nach Indizien für ihre Unvollkommenheit. Sie hatte eine kleine Einkerbung in der Mitte, kaum bemerkbar und doch unterbrach sie den angenehmen Fluss der Form. Ich war mir sicher, dass der Töpfer seinem Werk absichtlich eine solche Macke eingegossen hatte – gerade in jenem Detail bestand die ästhetische Vollendung, die der glückliche Eingeweihte ganz offensichtlich zu spüren bekommen sollte. Ich streckte meine Arme hoch über dem Kopf aus und ließ die Vase auf den Boden fallen. Beim Zerschellen machte sie ein schrilles Geräusch, ich hielt mir die Ohren zu. Es war nicht so, als hätte ich sie absichtlich hinuntergeworfen, sie war mir lediglich aus der Hand gerutscht. Die Porzellanscherben auf dem Parkettboden irritierten mich nicht, ich ging um sie herum und inspizierte jede einzeln, ohne auch nur irgendeine zu vernachlässigen, jede unter ihnen erhielt ihre angemessene Betrachtungszeit. Mit zittrigen Fingerkuppen zeichnete ich die einzigartigen Linien des rauen Porzellans ab, die mir auf den ersten Blick entgangen waren. Schließlich suchte ich alle Ecken, alle rauen Kanten und den ganzen Boden nach Unreinheiten im Muster ab. Mir fielen keine auf. Nach einer letzen Inspektion, die die sorgfältigste ihrer Art war, und erst als ich ganz sicher war, mir alle Formen genau eingeprägt zu haben, ging ich in die Küche, setzte Teewasser auf und nahm die grüne Teetasse aus dem Schrank. Dass sie dasselbe grün hatte, wie die Vase, fiel mir zu dem Zeitpunkt gar nicht auf.

I

Ich war sechsundzwanzig Jahre alt, als meine Eltern mich aufgaben. Tatsächlich hatten sie mich natürlich schon viel früher aufgegeben, als ich sechs oder sieben Jahre alt war und noch kein einziges Wort meine Lippen verlassen hatte. Sie schienen es als Beleidigung hinzunehmen, als Unwillen meinerseits, mich ihnen mitzuteilen, doch das entsprach nicht der Wahrheit. Fakt war, ich hatte die verbale Konversation mit meinen zunehmends verzweifelt-en Eltern gemieden, was jedoch nicht bedeutete, dass ich nicht versucht hätte, anderweitig mit ihnen zu kommunizieren. Ich konnte mich gestochen klar an folgendes Ereignis meiner Kindheit erinnern: Mutter stand in der Küche und bereitete für Bernd und mich Frühstück zu. Sie stellte ihm den Teller mit Ei und Spinat gewohnheitsmäßig als erstes vor die Nase und wandte sich dann mit altbekannt hoffnungsvollem Blick mir zu. Ihre blaugrauen Augen schauten tief in die meinen, vereinten unerfüllte Hoffnungen, anhaltende Frustration und am schlimmsten von allen: eine tiefgreifende Enttäuschung, die sie unter höchster Anstrengung versuchte zu verbergen, was ihr jedoch niemals zur Gänze gelang. Unter ihrem Blick zog sich alles in mir zusammen, ein Dolch bohrte sich in meine Magengrube, drehte und wendete sich und nahm mir die Luft zum Atmen. Und doch erwiderte ich ihren Blick mit gekonntem Ausdruck der Gleichgültigkeit. Ob meine Mutter mich tatsächlich durchschaute, ob sie mein Theater erkannte und nur mir zuliebe an der traurigen

Komödie teilnahm, habe ich nie herausgefunden. Fest stand jedoch, dass jener Augenkontakt mehr bedeutete, als ich meiner Mutter danach je mit Worten hätte mitteilen können. Ich legte meine ganze Angst, all meine Schmerzen in den einen Augenschlag, den wir teilten, versuchte ihr mitzuteilen, wie ich die Welt empfand und wollte ihre Sicht hören, doch sie verstand nicht und blickte mich nur vorwurfsvoll an. Es war als hätte jemand den Dolch blitzartig aus meiner Magenhöhle gezogen, sodass nur noch ein schwarzes Loch überblieb, das sich immer tiefer in mein Inneres fraß. Ich war sechsundzwanzig Jahre alt, als meine Eltern mich völlig aufgaben. Welches Ereignis zum allgemeinen Entschluss geführt hatte, mich in die Klinik einweisen zu lassen, habe ich nie erfahren. Der Zeitpunkt war ein denkbar unerwarteter: Die Tage des Schweigens lagen weit zurück, elf Jahre um genau zu sein, meine Schulzeit hatte ich trotz zweier zusätzlicher Jahre mit erheblichen Schwierigkeiten hinter mich gebracht und auch die nicht enden wollende Arbeitssuche hatte sich als ergiebig erwiesen. Hatte ich es zwar nur zu einem Verkäufer in einer kleinen Fleischerei gebracht; für mich bedeutete es dennoch die Welt und auch meine Eltern waren derart stolz, dass sie mir eine eigene Wohnung zusprachen. Endlich durfte ich also aus dem Elternhaus aus- und in meine eigenen vier Wände einziehen, alleine, wie ich es am liebsten hatte. Insgesamt schien sich mein „besorgniserregender" geistiger Zustand in eine Richtung entwickelt zu haben, den die meisten Menschen lediglich als „zerstreut" oder vielleicht „launisch" bezeichnen würden. Ich war sechsundzwanzig Jahre alt, als meine Eltern mich völlig aufgaben und in die Klinik schickten. An jenem Tag rief mich der Wecker wie an

7

jedem anderen Dienstagmorgen um exakt 7:57 aus dem Schlaf, ich genehmigte mir drei Minuten der inneren Sammlung, um dann meine einstudierte Morgenroutine abzuspielen: Leibchen an, Hose binden, Zahnhygiene, eine schnelle Dusche, Butterbrot streichen, die Schlagzeilen überfliegen. Gerade wollte ich mich auf den Weg in die Fleischerei machen, als es an der Tür läutete. Schrill war es, ich hatte meine Glocke immer schon verachtet, die hohe Tonlage und das Hin und Her zweier abscheulich disharmonischer Klänge waren Objekt meiner unverhohlenen Abneigung. Meine Kopfhaut begann sich zu kräuseln, als hätte jemand eisig kaltes Wasser über mich ausgeschüttet. Die Taubheit nahm rasch zu, ergoss sich von meinem Kopf über den ganzen Körper, bis ich wie in Eisen gegossen von einem Gefühl ummantelt war, dessen Eigenart in seinem drückenden Gewicht lag. Es schien mich langsam in unergründbare Tiefen meiner selbst zu ziehen, die durch tiefstes Schwarz gekennzeichnet waren, bis ich schließlich nur noch im Dunkeln irrte. Kein Gedanke, kein Laut oder Sinneseindruck erreichte mich noch. Es war als würde ich in einer dunklen Traumwelt umherwandeln, deren dickflüssiges Schwarz kein Ende nehmen wollte. Jegliche Formen dieser Welt hatten sich verflüchtigt, Bewegungen waren unmöglich und meine Gliedmaßen waren von Klebstoff zusammengeschweißt. Ich war eingefroren in einem grässlichen Zustand des Nicht-Wissens, des völligen Vergessen-seins, in dem sich ein einziger Moment wie eine Ewigkeit anfühlte, ohne dass sich die Vorhergehenden in mir festgesetzt hatten. Scheinbar hatte ich alles, was mir davor so selbstverständlich vorkam – meinen Namen, wo und warum ich mich an diesem fremden Ort befand, meine

Geschichte – von einem Moment auf den nächsten vergessen. Ich war verloren in einer Ansammlung leerer Gedanken, unbekannter Geschichten und fremder Gesichter. Mein Körper hatte sich währenddessen versteift, sodass jeder einzelne Muskel aus Blei zu bestehen schien und mich alle Gliedmaßen zunehmends gen Boden zogen. Eine dicke Suppe von unbrauchbarem Sauerstoff stand mir in den Nasenlöchern, die den hilflosen Versuch, zu Luft zu kommen, unmöglich machte. In meinem Hirn begann es derart laut zu fiepen, dass das Läuten der Klingel in den Hintergrund trat, das hechelnde Ein und Aus meiner Atmung hörte sich wie eine Dampflok an. Ein, aus, ein, aus. Aus, aus, aus.

Im Nachhinein kam mir das Ereignis surreal, ganz weltfremd vor, als ob es mir von einem anderen geschildert worden wäre. Ich beobachtete mich selbst aus einer seltsam außen vor stehenden Position, von der aus ich auf meinen starren Körper herabsehen konnte. Der Versuch jedoch, meine innere Gefühlswelt nachzuempfinden, stellte sich als Unmöglichkeit heraus, auch bei mehreren Anläufen empfand ich stets nur eine bodenlose Leere. Es war mir unmöglich, den Zustand des Schreckens, der sich in jede einzelne Faser meines Körpers eingefressen hatte, nachzufühlen oder erneut in den Griff der Vergessenheit zu gelangen, die schlagartig alle vorhergehenden Erinnerungen ausgelöscht hatte. Dennoch hatte ich mich häufig gefragt, ob dies das gefürchtete Empfinden alternder Menschen, ob es ein Vorgeschmack auf ein Leben im Griff der Vergessenheit war. War dies das schreckliche Resultat ihrer Psyche, das sie verspürten, wenn sie ihren eigenen Namen vergessen hatten oder den ihres Kindes? Mussten sie jedes Mal an ihrer schwindenden Geisteskraft leiden, wie ich gelitten hatte oder war es ein friedlicher Vorgang, bei dem man zusammen mit all den wichtigen Gesichtern und unwichtigen Geschichten auch das Vergessen selbst hinter sich ließ? Eine weitere Frage, deren Antwort ich nie zu hören bekommen würde. Ich hoffte inständig, jene Folgen mögen mich niemals betreffen. Der Plan war, früh zu sterben. Schon als kleines Kind hatte ich mich immer für eine Person gehalten, die früh an einer Krankheit oder einem tragischen Unfall sterben würde. Ich hatte schon ein Bild meiner Todesanzeige, ganz klein unten in der Zeitung, vor meinem inneren Auge gesehen. „Mann stirbt an Kohlenmonoxidvergiftung während er Teewasser aufsetzt." Das war eine Schlagzeile, die wie für mich gemacht war. Ich hatte mich früh damit abgefunden, dass ich niemals über fünfzig Jahre alt werden würde und mich im Laufe der Zeit sogar mit dem Gedanken an einen verfrühten Tod angefreundet. Er ersparte mir nicht nur das beängstigende und entmutigend langsame Dahinsterben, sondern auch all die Schuldgefühle, die mich währenddessen heimgesucht hätten. Ein Fingerschnippsen und Ende, vorbei, befreit für immer, so hatte ich es mir stets gewünscht. Auch der Gedanke an einen brutalen Tod vermochte mich nicht abzuschrecken, ich hatte nie verstanden, was andere daran auszusetzen hatten. Eine Schießerei auf der Straße spät nachts, ein Schuss ins Herz und aus. All dies erschien mir begehrenswert im Vergleich zu den Schmerzen, die ich an manchen Tagen aufgrund meiner banalen Existenz in dieser vom Chaos überschwemmten Welt aushalten musste.

Sie fanden mich auf meinem Küchenstuhl zusammengesackt, die Augen nach oben verdreht, sodass nur noch das Weiß zu sehen war, welches sich mit ihren engelsweißen Mänteln vereinte. Ich konnte mir nicht erklären, wie sie es durch die verschlossene Türe geschafft hatten, es bereitete ihnen aber offensichtlich keine Schwierigkeiten, sich Zutritt in anderer Leute Wohnungen zu verschaffen. Ich wusste nur von wenigen meiner Mitbewohner, die sich freiwillig in die Obhut der weißen Rechtshüter begeben hatten. Jedenfalls nahmen sie mich mit. Ich konnte mich noch genauestens an die Qualen erinnern, die ich empfand, als alle drei Männer mich gleichzeitig packten, in die Höhe hoben und auf die harte Trage hievten. Jede ihrer Berührungen fühlte sich an wie eine Brandmarkung im doppelten Sinn: physischer Schmerz verband sich mit der mentalen Erfahrung, Besorgnis vorheuchelnder Abneigung seitens meiner Helfer. Doch schließlich kam ich in der Klinik an. Dort war alles weiß, die Wände, der Boden, die Decke, sogar die Menschen waren weiß. Nicht nur ihre Gewänder, auch ihre Haut bestand aus feinem Seidenpapier, das jeden Moment zu zerreißen drohte. Bizarr war es dort. Bleiche menschenhafte Wesen begegneten sich auf weißen langen Gängen, um hinter weißen Türen in gleißend helle Operationsräume zu gelangen. Lange Zeit nagte die Frage an mir, ob Weiß die auserwählte Farbe der psychischen Ausgewogenheit darstellen oder ob sie schlechthin die geradezu vorbildhafte klinische Sauberkeit unterstreichen sollte. Ich kam zu dem Schluss, dass die Abwesenheit jeglichen Schmutzes eine Art innere Leere herbeiführen sollte, die mich tatsächlich seit dem ersten Tag in der Klinik besessen hielt. Schlussendlich war ich mir beinahe sicher, dass die Suppression jeglicher Sinneswahrnehmungen sich, ausgehend von der Umgebung, in den Patienten selbst niederschlagen sollte. Es war gewissermaßen ein gewollter Reizentzug. Ein Reizentzug, um das Gemüt der ausgelaugten Menschen im Inneren der Klinik nicht zu sehr zu reizen. Amüsiert über das Wortspiel, stellte ich fest, dass Reiz und Gereiztheit weit divergieren konnten. Ein äußerlicher Reizentzug mochte zwar bei einigen zu einem minder gereizten Gemütszustand führen, bei anderen schienen die Umstände jedoch das Gegenteil zu bewerkstelligen. Ein wundervolles und zugleich beunruhigend amüsantes Beispiel dafür war der Bewohner aus Zimmer sieben, ein reizender Mann von beeindruckend niedriger Höhe, dafür umso ungesünder ausfallendem Körperumfang, zu dem ich ein einigermaßen konfliktfreies Verhältnis aufgebaut hatte. Eines Morgens, als ihm der gewohnte Spaziergang im Park aus organisatorischen Gründen versagt worden war, spazierte ich gerade munter in den Speisesaal, um mein verspätetes Sonntags-frühstück einzunehmen. Wenige Sekunden nachdem ich den Raum betreten hatte, sprang der kleine Herr unter Aufwendung einer beeindruckenden Muskelkraft auf einen der Tische, zog seine Sonntagscordhose bis unter die Knie und begann aus vollem Halse zu brüllen, dass der alten Frau neben mir, die sich gerade eine ordentliche Portion Schinken aufgeladen hatte, der Teller aus der Hand flog. Sein Geschrei stand als Objekt im Raum, wollte sich nicht recht fortbewegen und doch vereiste es das Raumklima, hielt den Fluss der Zeit, der Bewegungen, der Gefühle fest. Gebannt starrte alles auf ihn, nahm jeder nur seine Person wahr. Beinahe eine halbe Stunde dauerte es, bis der werte Herr aus Zimmer sieben sich dazu überreden ließ, doch zumindest den Hosenbund etwas höher zu ziehen, eine weitere Stunde, bis er sich vom Tisch hinunter und hinaus in den Park bewegt hatte. Alle Seltsamkeiten beiseite genommen, hatte mein Mitbewohner doch erreicht, was er wollte, was abermals bewies, dass Starrköpfe im Leben weiterkamen. Nach einem besonders langen Spaziergang kam er mit einem breiten Lächeln aus dem Park zurück und zwinkerte mir bei der nachmittäglichen Jause sogar zu. Es bedurfte offensichtlich nur etwas mehr Anregung der Sinne, nur einige bunte Blüten und er war wieder ganz der Alte.

Was mich an der Klinik irritierte, war die anscheinend nur meinerseits empfundene Widersprüchlichkeit der Absichten bezüglich der Dauer meines Klinikaufenthalts. Während all die Doktoren, Therapeuten und Krankenschwestern mich „heilen" wollten, lag es viel eher in meinem Interesse, die Entlassung so weit wie möglich hinauszuschieben. Die Gründe hierfür mögen verwunderlich erscheinen, doch zu dem Zeitpunkt waren dies meine tatsächlichen Absichten. Es ging mir nicht, wie man vielleicht meinen könnte, um eine seelische Heilung, war ich doch überzeugt davon, innerlich wie äußerlich kerngesund zu sein. Auch wenn es nicht den Anschein machte, ich fühlte mich nicht besser oder schlechter als die vergangenen sechsundzwanzig Jahre meines Lebens und also sah ich keinen Grund, der Allgemeinheit der Ärzte Glauben zu schenken, die so autoritätsheischend auf mich einredeten und versuchten, sich mit ihren Klippbrettern und Psychotests Aufmerksamkeit zu verschaffen. Der eigentliche Grund für meinen zwanghaften Drang, an der Klinik zu verbleiben, lag an zweierlei Anreizen: Einerseits verspürte ich eine tiefgreifende Seelenverwandtschaft zu meinem Zimmermitbewohner, der Tag und Nacht vor sich hin murmelte. Es handelte sich hierbei um einen Mann mittleren Alters mit kahlrasiertem Haar, um das ich ihn beneidete. Zeit meines Lebens hatte ich mir eine derartig ordentliche, in sich perfekte Frisur gewünscht, die nicht von Wind oder Wetter und noch weniger von Modeerscheinungen beeinflusst wurde. Niemals hatte ich jedoch den Mut dazu aufgebracht, mich als kahlgeschorener Außenseiter in der Öffentlichkeit zu präsentieren, unter anderem, weil die Angst, aufgrund meiner abgemagerten Figur und der kränklichen Hautfarbe einem Krebskranken zu gleichen, zu groß gewesen war. Nicht, dass mich diese Verwechslung gestört hätte, ich hatte Krebskranke immer als die tapfersten aller Patienten wahrgenommen, als diejenigen, die den Kopf als Zeichen zum Kampf stets hochhielten und mit einem breiten Lächeln im Gesicht dem Tod gegenüberstanden. Tatsache war jedoch, dass ich von meinem Vater, dem eingeschweißten Militärmann und seines Namens Präsident der Offiziersgesellschaft, stets subtile Verweise auf die militärische Bedeutung der G'scherten mitbekommen hatte. Als Kriegsgefangener in Russland festgehalten, wurden damals seiner gesamten Division die Haare geschoren, teils als Demütigung, teils um sie als Verbrecher für alle Welt erkennbar zu machen. Er erzählte uns selten aus dieser Zeit, doch für mich war klar, dass ihm eine Glatze an Stelle meiner ausgefransten, kraftlos zur Seite hängenden Strähnen große Schmerzen bereiten würde. Sein Wort galt und also waren meine Haare von äußerst langweiliger, normaler Länge. Der G'scherte, wie ich ihn vom ersten Tag angerufen hatte, als er in seinem Krankenbett in mein Zimmer geschoben wurde, war eine äußerst abgemagerte Person, das Wort „flachsig" traf geradezu perfekt auf ihn zu. Seine Haut hing aufgrund eines viel zu schnellen und viel zu drastischen Gewichtsverlusts zu beiden Seiten seiner Arme herunter und sobald eine Krankenhelferin kam, um ihm Blut durch die kleine Öffnung am Bauch abzunehmen, konnte man seine Rippen zählen. Trotz seiner miserablen physischen Ausgangslage, veränderte er die Welt um sich herum mit seinem Wesen, das sofort bemerkbar wurde, sobald er in seinem miserablen Zustand und kaum ansprechbar im Krankenbett liegend in den Raum geschoben wurde. Während meines langen Klinikaufenthaltes hatte ich mehrere Arten von Kranken gesehen: Da gab es einerseits die Hypochonder, die jedes kleinste Problem bis ins Lächerliche aufzublasen vermochten, die sich ununterbrochen unter beachtlichen schauspielerischen Fähigkeiten in den Mittelpunkt des Geschehens manövrierten, um sich anschließend in nahezu exaltierter Art darüber zu echauffieren, dass alles nur auf sie ausgerichtet war, was sie in einen beinahe paranoiden Zustand verfallen ließ. Dann gab es da die Frustrierten, die die Ungerechtigkeit ihrer eigenen Lage entweder in eine Depression oder in eine Aggression getrieben hatte, die sich durch regelmäßige Ausbrüche bemerkbar machte. Die dritte und letzte Form war die am häufigsten in der Klinik vertretene: die Verlorenen. Sie waren sich selbst in ihrer Krankheit abhandengekommen und wandelten nur noch als ein Abbild ihrer selbst umher, das langsam auszubleichen drohte. Wie ein Aquarell verschwammen ihre Konturen, Wasser sammelte sich in ihren Augen an und sie vermischten sich langsam mit ihrer Umwelt, bis ihre Gestalten schließlich vollends untergingen. Dieser letzten Sorte gehörte auch mein

Mitbewohner an, doch ging er während des Ablaufes auf wundersame Weise als ein friedenstiftender Mensch hervor, in dessen Gegenwart einem wohl wurde.

Der Ehrlichkeit halber sei erwähnt, dass ich zunächst unbändig an dem anhaltenden Brabbeln, Fiepen, und Zischen litt, das der G'scherte von sich gab. Ich nahm aufgrund meiner inneren Höllenqualen sechstausend Gramm ab, was meinem ohnehin abgemagerten Körper sichtlich alles andere als gut tat und dachte schließlich sogar daran, meinem Mitleid erregenden Mitbewohner den Gefallen zu tun, seiner bemessenen Restzeit auf unserem verfallenen Planeten eine drastische Verkürzung zukommen zu lassen. Doch als ich schon über die Möglichkeit nachdachte, meine Bettdecke in feine Streifen zu reißen, um ihm diese in veränderter Form zukommen zu lassen, erlebte er einen ungewöhnlich klaren Moment. Seine Augen, ohnehin so weiß, dass der Kontrast zwischen Iris und Weißhaut kaum auszumachen war, erhellten sich, bis sie wie Schneeflocken in der Wintersonne glänzten, das Licht reflektierten und alles im Raum zu erhellen vermochten. Mit sichtbar schwindender Lebenskraft richtete er seinen skelettartigen Körper auf, und hauchte die Worte „Wir sind nicht Singular" durch seine feinen Lippen. Es war kein Flüstern mehr, kein Geräusch, das letzte Wort, welches seine Lippen verließ, war stumm, nur durch die Formung seines Mundes abzulesen. „Parallel". Ab diesem Zeitpunkt murmelte er nicht mehr vor sich hin, er gab gar kein Geräusch mehr von sich, dies waren seine letzten Worte gewesen. Langsam begann er dahinzusterben, sein Leben hinter sich zu lassen. Dennoch dauerte sein Sterbevorgang überraschend lange für einen Menschen, der an guten Tagen ein einziges Butterbrot zu sich nahm, an schlechten, und diese häuften sich zunehmend, aß er gar nichts. Fast drei Monate lang siechte er dahin, während er noch mehr Gewicht abnahm, was ich anfangs für eine Unmöglichkeit gehalten hatte. Schlussendlich war er zu einem Knochenmann geworden. Doch ich begann eine unglaubliche Zuneigung zu ihm zu verspüren und begann seine Anwesenheit zu schätzen. Mich beeindruckte die Geduld, mit der mein Mitbewohner sein Schicksal hinnahm, seinen Mut, dem Tod mit einem Lächeln ins Gesicht zu schauen und am meisten die Seligkeit, die er seit seinen sonderbaren letzten Worten an den Tag legte. Sein Körper begann dahinzuschwinden, doch seine Seele breitete sich im ganzen Raum aus, was diesen mit einer kindlichen Freude des Seiens erfüllte, die ich nie zuvor verspüren durfte. In seinen letzten Lebensmonaten geschah es einige Male, dass sich der G'scherte unter höchster Anstrengung auf die mir zugewandte Seite drehte, den Kopf neigte und mir tief in die Augen blickte. Dann überfiel mich stets das bizarre Gefühl eines Eingeweihten, eine Freude, die sich nicht mit Worten erfassen ließ, die mich schlichtweg erfüllte und die ich durch den Blick in seine ergrauten Augen mit ihm teilte. Eines Tages brachte der G'scherte abermals die Kraft auf, seinen Körper auf die linke Seite zu drehen und den Kopf unter sichtbarem Kraftaufwand kurz in die Höhe zu heben, um ihn mir zuzuwenden, bevor er wieder auf das weiche Kissen fiel. Langsam öffnete er die Lider, gab seine glasigen Augen frei und suchte mit einem wissenden Blick den meinen. Lange Zeit lagen wir beide dort in dem weißen Zimmer, jeder in seinem Bett, verbunden allein durch unsere Blicke und einem Wissen, das schließlich mit meinem Mitbruder von der Welt gehen sollte. Ich könnte nicht sagen, wie lange der Moment andauerte, nur noch, dass etwas an unserer stillen Konversation sich dieses Mal verändert hatte. Wir waren Brüder geworden an jenem Spätsommerabend, verbunden durch ein Band aus liebsamer Aufmerksamkeit füreinander und Verständnis für das Leiden des anderen. Als die Schwester ins Zimmer gelaufen kam, hatten wir beide Tränen in den Augen, einen Augenblick später waren die seinen geschlossen, er war entschlafen. Gänzlich erfüllt beobachtete ich die Schwester, wie sie den G'scherten auf eine Liege hievte und aus dem Zimmer rollte. Zurück blieb ein riesiger Blutfleck auf dem Bettlaken.

Sein Infusionsschlauch war beim Drehen aus seiner Halterung gekommen. Er war langsam ausgeblutet.

Anfangs hatte ich meinem Mitbewohner ein schreckliches Schicksal angedacht. Doch irgendetwas an der Art seiner letzten Monate hatte mich aus meiner selbst gegrabenen Versenkung gerissen, mir vielleicht sogar einige flüchtige Momente dessen beschert, was man allgemein als „Glück" bezeichnete. Erst lange Zeit später fiel mir etwas an der Geschichte auf, das mich Monate und Jahre lang begleiten sollte.

Es geschah im November desselben Jahres. Die Schulkinder waren wieder zu uns zu Besuch gekommen. Es handelte sich um ein Projekt, welches von einem Sozialminister – ich konnte mich beim besten Willen nicht an seinen Namen erinnern, falls ich ihn überhaupt jemals gewusst hatte – ins Leben gerufen worden war und seit längerer Zeit an unserer Klinik umgesetzt wurde. Die Idee war, den Patienten, die nicht an sozial inkompatiblen Krankheiten litten, den Kontakt mit anderen zu ermöglichen und gleichzeitig den schwachen Deutschschülern zusätzliche Übungsstunden zu ermöglichen. Es waren gewissermaßen zwei Fliegen auf einen Schlag. Man warf Außenseiter mit Außenseitern in einen Topf und heraus kam, voilà, ein Wahlversprechen, das höchstes Lob aus wissenschaftlichen Kreisen erhielt. Also kamen die meist nicht deutschsprachigen Schüler zwei Mal die Woche zu uns an die Klinik, um ein wenig mit uns zu reden. Seit einem Monat durfte ich an dieser Aktivität teilnehmen, davor war es mir aufgrund eines harmlosen Ereignisses verboten worden, das zu dem Zeitpunkt schon lange her war. Was so schlimm daran war, eine äußerst laut summende Fliege in der Nacht aus seinem Zimmer vertreiben zu wollen, blieb mir auch lange Zeit nach dem Vorfall noch verschlossen. Das Fenster, das ich dabei unabsichtlich zerbrochen hatte, war ein Unfall gewesen. Und als ich stark blutend vor dem offenen Fenster stehend von der Schwester vorgefunden wurde, eine Scherbe in der Hand, um die Fliege besser erwischen zu können und einem aus nachvollziehbaren Gründen von Rage gezeichneten Gesichtsausdruck, lies mir wie gewohnt niemand die Zeit, mich zu erklären. Mein Krankheitszustand in der Kartei wurde geändert, was bedeutete, dass ich in einen anderen Trakt mit einem anderen Zimmer ziehen musste, das jedoch, wie alle anderen auch, weiß gestrichen war und mit zwei Betten ausgestattet war. Der Umzug machte also für mich wenig Unterschied, bis auf das enervierende Detail, dass ich nicht an den Deutschkursen teilnehmen durfte. Nachdem den Doktoren aufgefallen war, dass meine Persönlichkeit nicht als aggressiv eingestuft werden konnte und der Vorfall mit der Fliege ein Einzelfall gewesen war, musste ich wieder in mein altes Zimmer umziehen, durfte aber zu meiner großen Freude mit den Schülern sprechen, was mir eine günstige Gelegenheit zu sein schien, aus meinem täglichen Trott auszubrechen. Ich nahm an dem besagten Tag also bereits seit zwei Wochen an den Kursen teil und begann die Stunden tatsächlich zu genießen, da die aufgeweckten Kinder mit ihren großen Augen und der entwaffnenden Direktheit etwas Abwechslung in die Klinik brachten. Die Schüler, die ja bereits seit längerer Zeit an dem Projekt teilnahmen, hatten sich an unsere Eigenheiten einigermaßen gewöhnt und waren interessiert, wie sich unser Leben von dem ihren unterschied. Im Gegenzug genossen wir die Aufmerksamkeit, die uns zumindest zwei Mal die Woche von der Außenwelt geschenkt wurde. An jenem Tag also sprach ich mit einem jungen Mädchen, das mir anfangs scheu, fast zerbrechlich vorkam, sich nach einiger Zeit jedoch als eine einzigartige Persönlichkeit entpuppte. Sie war äußerst hübsch mit ihrer caramelfarben glänzenden Haut, dem gelockten Haar und den feinen Sommersprossen auf ihrer kindlichen Nase, doch ihre Augen hatten etwas tief Trauriges an sich, etwas Schmerzliches, Unergründbares. Sie saß mir gegenüber auf dem kleinen Holztisch in der Ecke des Raumes, der von angeregtem Geplapper, Gelächter und hie und da ein paar Schluchzern erfüllt wurde. Bei der Einführung wurde mir genauestens mitgeteilt, wie ich mich in einer derartigen Situation zu verhalten hatte. Ich hatte die kratzige Stimme des Aufsehers noch im Ohr, der mir mitgeteilt hatte, falls ein Kind nicht von sich aus spräche, solle man ihm einfache

Fragen stellen. Ich sah seine schwarzen, pupillenlosen Augen, die mich während unseres Gesprächs so misstrauisch verfolgt hatten, noch deutlich vor mir, als ich ganz leise zu flüstern begann. Wie heißt du? Sie starrte mich nur weiter an, mir war es unangenehm, so genau beobachtet zu werden, deshalb sprach ich mit gedrückter Stimme weiter. Ich habe keinen Namen. Also natürlich habe ich einen von meinen Eltern bekommen, aber er ist mit der Zeit abgenutzt. Namen sind wie Kleider, man sucht sie bedacht aus, dreht und wendet sie, überlegt, ob sie einem stehen und legt sie schließlich an. Nach einiger Zeit passen sie sich einem an, beginnen die Körperform genau nachzuzeichnen, bis sie zu einer zweiten Haut werden, in der man sich vollends wohlfühlt. Doch wenn man darüber nachdenkt, muss einem irgendwann wohl oder übel auffallen, dass die neue Haut, die man so bewusst für sich selbst ausgesucht hat, eigentlich gar nicht die eigene ist. Jede Faser und jede Pore, der ganze Stoff ist fremdgefertigt. Die illusorische Selbstständigkeit stellt sich als eine Unterdrückung, eine Fremdbeherrschung heraus. Deshalb habe ich meine Kleidung abgelegt. Jetzt habe ich keinen Namen mehr.

Hoffnungsvoll blickte ich sie an, betend, dass sie in irgendeiner Weise auf meine Geschichte reagieren würde, mir wenigstens ein Zeichen geben würde, dass sie überhaupt verstanden hatte, was ich ihr erzählt hatte, schließlich war sie bis dato die einzige Person neben Linda, der ich dies anvertraut hatte. Nichts. Sie blickte ausdruckslos in meine Augen. Enttäuscht blickte ich hinunter auf den Tisch, betrachtete die Holzaugen, aus denen einst Äste herauswuchsen, die Fasern, die wie Adern über die ganze Oberfläche verliefen. Nach einer

Weile begann ich mich nach der Einsamkeit meines Zimmers zu sehnen und suchte nach einem Vorwand, unter dem ich der unangenehmen Situation entfliehen konnte. Ich hatte gerade den Mund geöffnet, um mich mithilfe eines Toilettenganges zu entschuldigen, als sie ihre großen Augen schloss und ebenfalls ihren Mund öffnete, um die sanfteste Stimme erklingen zu lassen, die ich jemals gehört hatte. Es war, als würde sie singen, so melodiös war ihr Gesprächsrhythmus, so lieblich der Klang ihrer Worte. Doch die Trauer überschattete alles. Die Augen noch immer geschlossen, sagte sie beinahe unverständlich: Ich weiß meinen Namen nicht. Sie hob den Kopf leicht, als würde sie eine Antwort von mir verlangen. Ich dachte abermals an die Einführung, bei der mir wiederholt eingetrichtert worden war, nicht nachzufragen, falls ein Kind etwas Persönliches von sich gab, denn die meisten von ihnen hätten eine schwierige Vergangenheit, die sie nur aus freien Stücken mit uns teilen, nicht aber dazu gezwungen werden durften. Dennoch fiel mir ein formloses „Warum?" von den Lippen. Kaum hatte ich es ausgesprochen, schon bereute ich es, wollte es zurücknehmen, doch ich hatte Angst, sie könnte es als Desinteresse meinerseits aufgreifen. Ich wartete ab, wie sie reagieren würde. Es schien sie nicht zu stören. Sie atmete einmal tief ein, dann begann sie zu erzählen. Meine Mutter ist bei meiner Geburt gestorben. Stille. Ein Seufzer. Ich bin mit sieben Geschwistern in einer kleinen Wohnung aufgewachsen, mein Vater war für uns verantwortlich, aber er war nur selten da, er hatte immer etwas Besseres zu tun oder an einem wichtigen Ort zu sein. Meine drei älteren Brüder haben auf mich aufgepasst und ich später auf die Kleineren. Es war hart, aber wir waren füreinander da, wie es Geschwister immer sein sollten. Wir haben gemeinsam gelernt, den Haushalt gemacht und jeder auf den jeweils jüngeren Acht gegeben. So hat es funktioniert, mehr haben wir nicht gebraucht. Nur uns und unsere Phantasie für die endlos langen Spiele in anderen Welten, in denen wir eine Mutter hatten und einen Vater und ein riesiges Schloss, wo jeder sein eigenes Zimmer besaß. Ein glückliches Lächeln zeichnete sich auf ihren Lippen ab, sie öffnete kurz die Augen und warf mir einen flüchtigen Blick aus stolz glänzenden Augen zu. Sie verstummte für eine Weile, während sie sichtbar erfüllten Erinnerungen nachhing. Schließlich wurde sie wieder ernst und begann weiterzureden. Als ich sechs Jahre alt war, klopfte unsere Tante an die Wohnungstür. Es war schon spät in der Nacht und ich lang schon längst im Bett, doch der Schlaf wollte nicht kommen, da meine Brüder lautstark darüber stritten, ob man sich aufgrund der einwöchigen Abwesenheit meines Vaters Gedanken machen müsste. Schon öfters war er länger fort gewesen, doch er hatte dies stets angekündigt und immer einen Freund vorbeigeschickt, der ein Auge auf uns werfen sollte, was die meisten von ihnen auf einen Besuch von fünf Minuten auslegten, in denen sie unseren gesamten Zigarettenvorrat aufbrauchten. Die Tür öffnete sich unter einem grässlich quietschenden Geräusch und ich hörte die gebrochene Stimme meiner Tante, die besorgt die Ereignisse der vergangenen Stunden schilderte. Mein war Vater Teil der Drogenmafia gewesen, bei der er ungefähr ein Monat zuvor aufgrund eines schlechten Geschäfts in Verruf geraten war. Vor drei Tagen hatte er seinen Patron getroffen, um einen Deal auszuhandeln, der ihn aus seiner Misslage hinausmanövrieren sollte. Doch dieser hatte die Geduld verloren. Als ich dies hörte, lief ich zu meinen Brüdern und meiner Tante, die allesamt mit angsterfüllten Gesichtern in der Türschwelle standen. Ich rannte auf meine Tante zu und schrie sie unter Tränen an, sie solle uns auf der Stelle verraten, wo unser Vater war. Bis heute bereue ich es, denn später ergab sich nie die Gelegenheit, zu erfahren, was genau meinem Vater passiert ist. Doch in dem Moment war es mir egal, ich wollte nur versichert werden, dass es ihm gut ging. Traurig schüttelte sie den Kopf. Bis auf einen meiner Brüder, der auf die Kleinen aufpassen sollte, fuhren wir alle ins Krankenhaus, wo wir von einem Arzt an den anderen und von dort an den nächsten weitergeleitet wurden – niemand wollte uns Antworten auf unsere Fragen geben. Irgendwann kam endlich einer zu uns, der bereit war, sein Wissen mit uns zu teilen. Mein Vater war tot. Er war verblutet. Eine Träne kämpfte sich den Weg ihre dunklen Wangen hinunter. Dann warf sie mir einen festen Blick zu, der von unbändigem Zorn gekennzeichnet war. Mit von Wut gekennzeichneter Stimme erklärte sie sich. Mir blieb die Luft weg. Mein Vater hätte überlebt, er war schwer verletzt, aber er hätte es geschafft. Der Arzt erklärte uns, er hätte im Vorfeld viel Blut durch seine Schusswunde am Oberschenkel verloren, weshalb man ihm eine Transfusion zukommen lies. Doch während er schlief, war der Schlauch aus seiner Halterung gerutscht. Sie bemerkten es erst Stunden später. Abermals der wuterfüllte Blick, Zorn breitete sich aus und begann schließlich sogar mich selbst zu erfüllen. Sie haben ihn umgebracht. Sie sagen immer, es ist alles möglich, sie sprechen von den Wunden, die sie geheilt haben, doch die Wahrheit ist, das waren alles Zufälle, eigentlich können sie nichts. Sie sind die Heuchler! Sie geben Menschen Hoffnung und treten sie dann mit den

Füßen! Ich horchte auf. Verwundert blickte ich sie an, doch sie schien es nicht zu bemerken. Während ich noch immer in die Tatsache verstrickt war, dass sie nicht den Patron, sondern die Ärzte für den Tod ihres Vaters verantwortlich machte, war sie mit ihrer Geschichte schon fortgefahren, sodass ich nicht verstand, wie sie wieder auf ihre Mutter zu sprechen kam…zwischen drei Namen geschwankt, Leila, Niana und Lèe. Deshalb haben sie sich ausgemacht, mich erst nach meiner Geburt zu benennen, um zu sehen, welcher Name am besten zu mir passen würde. Aber weil meine Mutter noch im Krankenaus gestorben war, brachte es mein Vater nicht über sich, mich alleine zu benennen, weshalb er begann, mich mit Anoniem anzusprechen, das bedeutet so viel wie „keinen Namen habend". Ich habe ihn immer darum gebeten, mir einen wirklichen Namen zu geben, wie ihn alle Kinder aus dem Kindergarten und in der Schule hatten, doch er sagte immer nur, er brauche noch etwas Zeit. Als ich sechs wurde, rang ich ihm als Geburtstagsgeschenk das Versprechen ab, mir noch im selben Jahr einen Namen zu geben. Doch dann haben sie ihm das Leben genommen. Jetzt bin ich auf immer die, ohne Namen.

Stille. Die Geschichte sickerte in jede einzelne meiner Poren ein, legte sich schwer über meinen ganzen Körper, sodass mir die Luft wegblieb. Zunächst empfand ich tiefes Mitgefühl für dieses junge Mädchen, das in ihrem kurzen Leben bereits so viel Leid erfahren hatte, das keinen Namen hatte, keine Identität. Doch bald schon kreisten meine Gedanken um ein besonders schmerzhaftes Detail. War es möglich, dass die Ähnlichkeit des Todes des G'scherten und des Vaters dieses kleinen Mädchens ein Zufall war? Dies war der Moment, an dem ich etwas bemerken sollte, dass mich mein ganzes Leben nicht mehr loslassen sollte: Ich hätte etwas sagen können. Vielleicht hätte es etwas geändert, vielleicht auch nicht, das konnte niemand mit absoluter Sicherheit sagen, doch was feststand, war mein Versäumnis, das so fatale Folgen haben sollte. Ich versetzte mich in die letzten Momente meines Mitbewohners zurück, unser letzter Augenkontakt, der so intensiv war, dass wir beide zu weinen begonnen hatten. Ich wusste nicht, wie viel ich in dem tatsächlichen Moment des Todes mitbekommen hatte und konnte mich beim besten Willen nicht daran erinnern, doch ich spürte noch ganz deutlich das Gefühl, in etwas Großes eingeweiht zu sein, etwas, das kein Mensch jemals zur Gänze erfassen konnte. Ich hatte es gewusst. Ich war mir - untergründig zumindest – im Klaren darüber gewesen, dass er von uns gehen würde. Hätte ich etwas ändern können? Hätte er gewollt, dass ich etwas sage, obwohl er selbst nicht einmal die Kraft aufbringen konnte, zu sprechen? Hatte ich ihm den Hilferuf genommen, sein Leben auf meinen geschlossenen Lippen ruhen lassen?

Ich fand mich in meinem Zimmer wieder, unter dem großen weißen Leuchter, dem einzigen Schmuckstück, das doch nicht recht auffiel unter all den monotonen Farben. Die Glieder von mir gestreckt, ein Polster unter meinem Nacken, konnte ich mich nicht daran erinnern, wie ich hierher geraten war, doch einer der Ärzte musste mich offensichtlich aus dem Begegnungsraum mit den Schülern zurück in mein Zimmer manövriert haben. Ein schweres Gefühl machte sich in meinem Inneren breit, angefangen von der Magengrube, über meinen ganzen

Körper hinweg nagte es an mir, versetze mich in einen Zustand unangenehmer Gereiztheit. Zum einen war es ein tiefsitzendes Schuldgefühl der schrecklichsten Art, das mich wünschen ließ, ich könnte mich meines Gesichtes entledigen, damit niemand mein von Schuld gezeichnetes Äußeres sehen konnte. Mein Gesicht kam mir wie das eines Aussätzigen vor, von Narben und Schlamm durchzogen und mit stählernen, gerade aus starrenden Augen. Zum anderen hatte etwas Größeres, Allumfassendes seine eisernen Fesseln um mich gelegt, etwas, das weit über meine Person hinausging. Das

das Gefühl an sich war mir kein fremdes, es hatte mich mein ganzes Leben hindurch begleitet, war zu einem Verhaltensmerkmal, vielleicht sogar zu einer Charakter-eigenschaft geworden. Es war die Sicherheit, etwas vergessen zu haben, einen Teil meiner selbst in der Vergangenheit zurückgelassen zu haben. Ich war auf bizarre Art Teilnehmer zweier Welten gleichzeitig: die Gegenwart beobachtend, lebte ich der Vergangenheit nach. Ich sah meinen Mitbewohner vor mir liegen, die Augen auf mich gerichtet, ein Lächeln auf den Lippen; dann das schreckliche Wissen um seinen Tod und meine Teilschuld daran. Es war ein endloser Zyklus, der mich wie ein Teufelskreis aus Schuld in sich aufnahm, bis ich erstickte, gefangen in den Stricken meiner eigenen Gedanken. Immer wieder verfolgte ich die Gleise meiner Taten, ratterte den Berg hinunter, unaufhaltsam meinem ersten Opfer entgegen. Die Außenwelt hatte nichts mehr mit meiner Innenwelt zu tun, ich war seltsam losgelöst von allen Alltagserscheinungen. Ich wollte der Endlosschleife meiner Gedanken entfliehen, wollte aufstehen, um vor meiner selbst gestrickten Netzfalle fortzulaufen, doch ich war nicht sicher, mein eigenes

Körpergewicht tragen zu können. Das Zimmer um mich herum bot keinerlei Anhaltspunkt, lag da vor mir in seiner vor-getäuschten Kontrastlosigkeit: Bett und Schrank, die so sorgsam in demselben Farbton angestrichen worden
waren, um dem Köper jegliche Gelegenheit der Überreiztheit zu ersparen, wollten plötzlich nicht mehr zueinander passen, kreischende Farben schrieen mich an, sodass ich mich im Schwarz meiner Bettdecke versteckte. Doch auch dort hörte das Gebrüll nicht auf, die Decke wollte nicht stillliegen und all meine Versuche, die Welt um mich herum zu ersticken, wollten nicht gelingen. Ich richtete mich nach Luft röchelnd auf, ergriff in manischer Art Bleistift und Papier vom Nachtschrank und schrieb.

II

Ein Blick in die scharfen Augen meines Schöpfers
sagt mir, ich kenne ihn nicht
und er steht über dem Gedanken meiner Existenz.
Strenge Blicke mustern mich, deuten mir den Halt,
der vom Untergang geprägte aber verharrt still,
die Sicht fernab meiner Pein, dem Munde,
dem süßen, entspring kein Laut.

Was macht's noch? Was bringt's,
zu erfassen der Schöpfung Beginn,
dem Ende geweiht ist der Menschensohn.
Ewiger Kreis der Jugend, entflieh dem Lauf
des brennenden Rades, das, gut gesinnt,
dem Ende Anfang setzt.

Nichts mehr tun. Keine Pein, kein Ruhm,
Gier, Lust, Scham, Gram

was macht's noch im Angesicht des Ewigen!
Der Durchbruch der Zeit naht mit tickender Lust
Pack deine sieben Sünden und fliehe hinfort,
des Teufels Hand in der deinigen!

Der zweite Grund, weshalb eine Verzögerung meines Aufenthalts in meinem Interesse lag, war der der emotionalen Deckung. Meine tatsächliche mentale Schräglage fiel inmitten all der Patienten, die eine schier ungeheure Menge an Aufmerksamkeit an sich rissen, kaum auf. In Wahrheit wollte ich nicht erkannt werden, es stand mir viel besser, mich hinter einer Fassade vorgetäuschter Sorgen und gespielter Schmerzen zu verstecken, als die Wahrheit ans Licht zu bringen. Aus Peinlichkeit vor meinen tatsächlichen Gefühlen begann ich zementierte Mauern um mich herum aufzustellen, denen ich ein fremdes Gesicht aufmalte. Mein Vater hatte sich also doch in meinem Kopf festgesetzt, ihm war es zu verdanken, dass ich mich selbst für meine Empfindlichkeit, die größtenteils unbegründeten Schmerzen und die bodenlosen Schuld schämte. Es gelang mir, eine Art Klinikphantom zum Leben zu erwecken, indem ich – ausgezeichnet durch jahrelange Übung – eines meiner glorreichsten Theaterstücke ablaufen ließ. Einige Episoden mittlerer Stärke reichten aus, das Personal in erwartungsvolle Unruhe zu versetzen und das Datum meiner Entlassung in ferne Zukunft zu verschieben. So profitierte ich, wenn auch nicht von den professionellen Therapeuten, Ärzten und Schwestern, so dennoch von der wunderbaren Ruhe sowie der eintönigen Umwelt, die die Klinik im Vergleich zur wilden, schrillen Außenwelt zu bieten hatte. Ob ich es anerkennen wollte oder nicht, die Zeit dort tat mir gut. Wenngleich die weißen Kittel mich aus jahrelanger Arbeitserfahrung für minderbemittelt verkaufen wollten, merkte ich deutlich, wie sich mein gereizter Geist spitzte, wie an einem Skalpell. Die zahlreichen Therapiestunden, begann ich zu genießen, was jedoch allein an meinem Interesse lag. Der jungen Therapeutin, die in gegebenem Abstand vor mir, mit einem Klippbrett auf den Knien, auf dem weichen, hellblauen Stuhl mir gegenüber saß, fiel offensichtlich – trotz professioneller Ausbildung – nichts an meiner veränderten Stimmungslage auf. Sie fuhr damit fort, mir unangenehme, viel zu persönliche Fragen über meine Kindheit, mein Liebesleben und all meine Kontakte zu stellen. Ich fuhr fort, diese zu ignorieren und über banale Alltagsthemen zu sprechen und sie damit sichtlich in die Weißglut zu treiben. Was mich interessierte, war, wie lange es dauern mochte, bis sie hinter mein Spiel kam, bis sie endlich bemerkte, dass ich keine Hilfe benötigte oder diese zumindest nicht in meinem Interesse lag. Also setzte ich mich, vor freudiger Erwartung glühend, Tag ein Tag aus in den angenehmen Ledersessel gegenüber dem ihren und sprach mit künstlich verzerrtem Gesicht über meinen Mitbewohner, der mich angeblich schikanierte, über das Essen in der Klinik, das meinen Magen reizte und vieles weitere, dass sie ganz offensichtlich für unwichtig hielt, versuchte sie mich doch mehrmals zu unterbrechen und auf Themen zu bringen, die weiter in der Vergangenheit lagen. Öfters schon hatte sie mir zu verstehen gegeben, meine Vermeidungstaktik ließe Rückschluss auf eine Form der Verleugnung zu, die vermutlich auf meine Kindheit zurückging, was ich äußerlich mit einem bedrückten Nicken, innerlich mit schallendem Gelächter hinnahm. Wenn sie nur wüsste.

All die Lebensenergie, die sich stets in alltäglichen Schmerzen, wie dem Geräusch der Klingel oder dem schrillen Kontrast von rot und blau vertiefte, öffnete sich in der sterilen Klinikumgebung gegenüber höheren Werten. Mir gelang es, meine angeborene Sensibilität in die Erforschung meiner selbst und der vermeintlichen Welt um mich herum umzupolen, bis mein bisher stets ausgehöhlter Geist geradezu nach intellektuellen Herausforderungen à la Wittgenstein, Kafka oder Bernhard lechzte. Es erübrigt sich, zu erwähnen, dass derartige Literatur aufgrund der „Gefahr geistiger Überforderung" in der Klinik mit „Vertagung der Bewährungsentlassung" belegt war, was der ganzen Sache nur noch einen zusätzlichen Anreiz gab, weshalb ich bemüht war, alle sozialen Kontakte, die ich zu dem Zeitpunkt noch verpachten durfte, an mein Krankenbett zu rufen, mit der inständigen Aufforderung, doch bitte mentales Knabberzeug mitzubringen. Die Liste jener Personen, die ich gewillt war, mit einer derartigen Bittstellung zu belasten, hatte sich jedoch im Verlauf der letzten Jahre deutlich verkürzt, nur noch drei Namen standen in verschmierter Bleistiftschrift auf dem Blatt:

Mutter
Linda
Bernd

Die Reihung meiner Bezugspersonen – sie als mehr als das zu bezeichnen wäre geradezu lachhaft komisch gewesen – war nicht zufällig gewählt. So schwer es mir fiel, es mir einzugestehen, Mutter war die Person, der ich am ehesten vors Gesicht treten konnte, ohne danach stundenlang erschöpft im Bett rasten zu müssen. Auch wenn weder ich noch sie es wahrhaben wollten, sie kannte mich gut genug, um schmerzhafte Alltagsfloskeln außen vor zu lassen, sie wusste, dass dieser Umstand mich ungeheuer entspannte. Wenn sie mich besuchte, was aufgrund meiner exzellenten Schauspielkünste und einigen Episoden höherer Stärke zugegebenermaßen selten vorkam, kommunizierten wir in altbekannter Art stets ausschließlich nonverbal, was ebenfalls unserer gemeinsamen Geschichte zu verdanken war. Sie pflegte mir tief in die Augen zu schauen, wohl um mir vorzutäuschen, sie wüsste über meinen tatsächlichen Seelenzustand Bescheid, was, wie ich mit absoluter Sicherheit festzustellen glaubte, nicht der Wahrheit entsprach. Dennoch versuchte ich, so gut es ging, jeglichen Blickkontakt mit ihr zu vermeiden. Er hätte mich in Zeiten des absoluten, ununterbrochenen Schweigens zurückversetzt, die mir im Angesicht meiner Mutter reizvoll, ja erfüllt vorkamen. Jedes Mal, wenn Mutter zu Besuch kam, setzte sie sich auf mein Bett, was mich in einen peinlich berührten Zustand versetzte, da ich dadurch gezwungen war, die ganze Zeit hindurch im Stehen zu verweilen – alles andere wäre mir zu intim vorgekommen. Vielleicht versuchte sie, mich dadurch dazu zu zwingen, neben ihr Platz zu nehmen, vielleicht hatte sie aufgrund der langen Zeit, in der wir nicht mehr im selben Haus lebten, auf meine Empfindlichkeit vergessen oder sie wollte schlicht und einfach keine Rücksicht nehmen. Was auch immer der Grund für ihre Aufdringlichkeit war, sie fuhr dankbarer Weise nach dieser Unerhörtheit damit fort, im Stillschweigen zu verharren. Üblicherweise forschte sie mit ihren flinken Augen jede Ecke meines Zimmers ab, versuchte sich an irgendetwas festzuhalten, damit sie sich nicht zu sehr mit meiner Person auseinandersetzen musste, fand jedoch zumeist nichts, sodass sie mir alsdann erneut in die Augen starrte. Ich versuchte stets, ihrem Blick auszuweichen – zu große Schmerz fügte mir die enttäuschte Gleichgültigkeit hinter der vorgespielten Sorge zu. Meine Schauspielkünste hatte ich von Mutter, die Menschenkenntnis von Vater. Nach einigen Minuten, in denen sich Mutter als liebevoll und fürsorglich aufgespielt hatte, verließ sie zumeist eilig den Raum, lehnte die Tür hinter sich an und lies mich mit dem Gefühl zurück, sie abermals enttäuscht zu haben. Dennoch war ich ihr dankbar für die Abwechslung, die sie alle paar Monate in mein homogenes Alltagsleben brachte. Tatsächlich gelang es mir, den ersten Reflex, Mutter zu kontaktieren, zu unterdrücken, was mir ebenso kühn wie selbstlos erschien. Grund dafür war nicht, wie ich mir vorzumachen versuchte, Rücksichtnahme meinerseits, sondern die Aussicht, falsche Gefühle unter dem strengen Auge meiner Mutter vortäuschen zu müssen, beziehungsweise die ihren so deutlich hinter der Fassade zu erkennen. Und also wanderte mein Blick die Liste weiter hinunter: Linda.

Ihren Namen nur zu lesen, geschweige denn ihn in der Nacht heimlich zu flüstern, bereitete mir einen Schauer, alle Härchen auf meinem Arm stellten sich in Alarmbereitschaft auf, ein leichtes Zittern erfasste meine Hände, sodass mir der Zettel beinahe entglitt. Dies war nur die physische Hülle dessen, was ich für Linda empfand, deren Abwurf jedoch eine weitläufige Gefühlslandschaft hervorbrachte, die ich nicht einmal selbst zur Gänze erforscht hatte. Linda. Es war ein magisches Wort für meine Ohren, dessen Wertigkeit mit keinem Begriff jemals deutlich gemacht werden könnte. Vielleicht liebte ich sie, falls ich überhaupt jemals ganz erfassen würde, was dies Eigenartigste aller menschlichen Hervorkömmnisse tatsächlich bedeutete. Sicher aber war ich abhängig von ihr, brauchte sie auf eine Weise, die mir unerklärlich erschien, bedeutete mir jeglicher menschliche Kontakt doch stets nur unangenehme Anstrengung. Es ließ sich nicht festlegen, was genau ich für Linda empfand und generell war ich der Meinung, Emotionen mit Begriffen wie Liebe oder Hass zu umschreiben, sei einer der größten Alltagsfehler des Menschen. Derartige Gefühle waren immer subjektiv, keinesfalls bedeuteten sie dem einen dasselbe, wie dem anderen, sie waren stets differenziert. Wie es zu einer Begriffsfindung im allzu diffusen Bereich unserer innersten Gefühle und Einstellungen kommen konnte, entzog sich mir schon von Anfang an, es wollte mir einfach nicht in den Kopf gehen, wie zwei Menschen ernsthaft der Meinung sein konnten, sie empfänden dieselben Gefühle füreinander. Das zeigte sich schon bei meinen Eltern. Sie waren Ehepartner von der Sorte gewesen, die einander stets aus Unsicherheit versicherten, sich zu lieben, was jedoch nur zu einer losen Hülse führte, die schließlich von meiner Mutter abgeworfen wurde. Zu jenem Zeitpunkt war ich acht oder neun Jahre alt gewesen. Es war ungewöhnlich früh am Morgen an einem Sonntag, ich lag noch im Bett, als laute Stimmen aus der Küche erschallten. Ich hörte meinen Vater wuterfüllt brüllen, unterbrochen nur von der reuevollen Stimme meiner Mutter, die von herzzerreißenden Schluchzern durchsetzt war. Einige Zeit lauschte ich gelähmt den hasserfüllten Worten meiner Eltern, bis ich mehrere laute Klatscher hörte, wie als würde Mutter Strudelteig auf dem großen Küchentisch vorbereiten. Naiv, wie ich damals war, wartete ich auf den wunderbaren Geruch der frischen Äpfel und des Zimtes, die sie immer auf den Herd setzte, während sie den Teig ausbreitete. Früher hatten wir oft am Sonntag nach der Kirche gemeinsam Apfelstrudel gegessen, Mutter hatte uns damit belohnt, wenn wir in der Messe still gesessen waren. Doch der Geruch fiel aus und ich hörte immer nur mehr Klatscher. Langsam erfasste die Realität schwer meine Glieder und drückte mich fest in die weiche Matratze meines Bettes. Irgendwann klopfte es ganz leise, beinahe unbemerkbar an meine Zimmertür, die sich daraufhin langsam öffnete und die Sicht freigab auf meinen tränenüberströmten Bruder. Er schaute mich scherzerfüllt aus verschwommenen Augen an, kam zu meinem Bett und legte sich neben mich. Das war der Moment, in dem ich vollends realisierte, dass jenes Ereignis schwerwiegender war, als ich angenommen hatte. Ich kannte meinen Bruder immer nur als den Starken von uns beiden, als Kapitän der Fußballmannschaft in der Schule, als denjenigen, der mich schikanierte, wenn ich paralysiert von der Klingel im Flur stand und mir die Ohren zuhielt, der mich schlug, dass ich rot wurde, wenn ich mich auf dem Schulweg auf den Boden setzten musste, weil mich die Kontraste der bunten Blumen auf dem Feld schwindelig machten. Doch nun kam er zu mir ins Bett, umarmte mich fest und streichelte mir sanft über den Kopf. So lagen wir gemeinsam da und lauschten den Stimmen, wie sie stundenlang in der Küche stritten, wie sie lauter, dann leiser wurden, nur um erneut anzuschwellen. Öfters hörten wir es klatschen und noch öfter das Schluchzen meiner Mutter. Schließlich waren die Stimmen gedimmt, hatten sich scheinbar beruhigt, dann herrschte lange Stille, schließlich hörten wir die Haustür lautstark ins Schloss fallen. Niemals wurde mir mit Worten mitgeteilt, was vorgefallen war, doch von jenem Tag an lebten meine Eltern monatelang hasserfüllt nebeneinander. Sie versuchten stets, es vor mir und meinem Bruder zu verbergen, doch ich bemerkte die Blicke, die mein Vater mit einer Mischung aus Wut und Enttäuschung meiner Mutter zuwarf, wenn er dachte, dass niemand hinsah. Ich bemerkte die abweisende Kälte, mit der meine Mutter meinen Vater behandelte und natürlich fiel mir auf, dass meine Eltern jegliche Berührungen vermieden, jedes unnötige Wort unterdrückten. Liebe hatte sich innerhalb einer Nacht zu lange anhaltendem Hass verwandelt.

Linda. Sie hatte mir immer schon Angst gemacht, seit dem ersten Mal schon, als ich sie gesehen hatte. Etwas in mir hatte sich von dem unendlichen Alltagsschmerz abgelöst, sich frei gemacht, war zu einem Höheren geworden. Als sie mich das erste Mal berührte, war es mit ihren Augen gewesen, ihren dunklen Augen, die so tief waren und so dunkel, dass ich darin untertauchen wollte. Auf sonderbare Weise hatte sie mich wohl verstanden, es bedurfte nie einer Erklärung meines Gemütszustandes, sie hatte ihn stets bereits vor mir selbst gewusst, nur darauf gewartet, bis ich mir meiner eigenen Gefühle klar wurde. Als sie mich mit ihren Augen berührte, war ich zum ersten Mal ganz ruhig. Das Stimmengewirr in meinem Inneren schwoll ab, langsam stellte sich Stille ein, eine unfassbare, große Stille, die ich in vollen Zügen auskostete. Ich war ganz ruhig und nicht einmal ihr unbekanntes Gesicht störte mich, wie es bei

Fremden normalerweise der Fall war. Menschen mit neuen Gesichtern machten mich nervös, nicht nur weil sie mir fremd waren, sondern auch weil ich sie mir genauestens einprägen musste. Wenn ich dies versäumte, gab es keine Möglichkeit für mich, Menschen wiederzuerkennen. Jeder unbekannten Person suchte ich daher genauestens das Gesicht ab, tastete mich von der Stirn über die Formung der Nase hinunter zum Mund und musste es schließlich wohl oder übel wagen, ihnen in die Augen zu blicken, um deren Farbe in mich aufzunehmen. Dies war einer der Gründe, warum ich die Klink anfangs mental nicht ausgehalten hatte. Es war eine mentale Sisyphusarbeit, die mich alle Kraft, die ich aufbringen konnte, kostete, mich langsam an die neuen Gesichter zu gewöhnen. Die ersten Tage lag ich überhaupt nur in meinem Zimmer, stundenlang konzentrierte ich mich nur auf die Decke meines neuen Zimmers, die Fenster, das Bett. Nach etwa einer Woche wagte ich mich das erste Mal auf den Gang. Ich konnte noch genau meinen pochenden Herzschlag nachfühlen, sah meinen Tunnelblick, der im Nichts endete, die scheinbar unendlich vielen fremden Gesichter, die mich alle herausfordernd, geradezu schadenfroh ansahen. Ich spürte meine untrainiert schmerzenden Beine, die beim Laufen schlagende Geräusche verursachten und den Schmerz, der mich durchzog, als ich auf dem aalglatten Boden ausrutschte. Hechelnd und unter großen Schmerzen – innerlichen wie äußerlichen – war ich erneut aufgesprungen, als eine ganze Truppe weiß gekleideter Männer mit Scheren in den Händen auf mich zukamen. Ich lief und lief und lief, der Teufelskreis wollte nicht enden. Umso schneller meine nackten Füße auf den Boden aufschlugen, desto mehr fremde Gesichter blickten in das meinige. Nach einer halben Stunde des panischen Umherirrens, fing mich schließlich eine Schwester ab und brachte mich zurück in mein Zimmer. Zitternd brach ich im Bett zusammen. Es bedurfte dutzender Versuche, bis ich es schaffte, mich problemlos auf dem Gang zu bewegen. Weitere Dutzend in den Speisesaal, Monate, bis ich mir die Gesichter all meiner Mitbewohner genauestens eingeprägt hatte.

Mit Linda war es anders gewesen. Ich brauchte ihr Gesicht nicht abzusuchen, mir nicht ihren Gang einzuprägen, ein Blick in ihre Augen genügte, um zu wissen, wer vor mir stand. Doch sie bewirkte noch viel mehr: Sie half mir täglich, meine Gesichtszüge zu festigen, meine Maske aufzusetzen und sie am Abend wieder abzunehmen. Sie machte die Maskerade erträglich, die so einfühlsam Leben genannt wurde.

Während ich noch darüber nachdachte, welche Person ich um geistige Herausforderungen bitten sollte, war ich unter meiner wunderbar dunklen Decke in einen tiefen traumlosen Schlaf gefallen. Nicht, dass ich jemals geträumt hätte. Ich konnte mich nicht daran erinnern, jemals in einer anderen Welt als dieser gewesen zu sein, was jedoch nicht bedeuten musste, dass nicht diese Welt die eigentliche Traumwelt war und der Schlaf mich in die schöne, ruhigere, dunkle Welt zurückversetzte, die die reale war. In Gedanken an diese Traumwelt, die vielleicht gar keine war oder vielleicht nicht einmal im Traum existierte, bemerkte ich das beschriebene Blatt auf meinem Nachttisch. Nur in einer dunklen Traumerinnerung konnte ich mich entsinnen, Worte wie in Trance niedergeschrieben zu haben, ohne deren Bedeutung erkannt oder beabsichtigt zu haben. Nun las ich neugierig die Worte, die in verkrümelter Schrift geschrieben standen.

Gebrochene Spiegel
ritzen rote Herzen
in weiße Haut,
benebeln den Geist.

Gevatter Tod
versperrt den Blick,
scharfe Klingen
heilen arme Seelen.

Leerer Blick
in totes Aug',
lechzt nach Stille
ewig und weit.

Der Sinn dieser Worte versperrte sich meinem aufgeblähten Geist, der einzige Gedanke, der sich mir erschloss, war Verwunderung über meine Worte, die ich mir niemals zugeschrieben hätte. Sie bestürzten mich. Nicht aufgrund meiner unbewussten Verfasserschaft, sondern weil sie irgendwo, fernab meines verklumpten, zum Zerbersten gespannten Geistes etwas anbahnen ließen, das ich nicht zu erahnen wagte, dessen Gewicht mir jedoch bewusst war. Mein sonst so verkrampfter Körper, der sich durch den geringsten Reiz unverhohlenem Schmerz hingab, war plötzlich ganz still, eine Ruhe erfüllte ihn, wie so selten in meiner Lebensgeschichte. Augenlieder verdunkelten die diffuse Welt um mich herum, öffneten die Türe weg von einer ungewollten Gegenwart, hin zu meiner flüchtigen

Traumwelt, von der ich zunehmend annahm, dass sie die eigentliche Realität festhielt. Einzig mein Herzschlag schien die irdische Zeit bewahren zu wollen, pumpte in regelmäßigen Schlägen Lebenselixier durch meine Arterien, um blaugefärbt zurück zu seinem Ursprung zurückzukehren, im altbekannten Zyklus. Rotes Blut zu blauem Blut zu rotem Blut, bis es schließlich schwarz wurde. Mit meinem letzten Atemzug würde meine kleine Ewigkeit vergehen, wie so vieles andere Ewiggeglaubte. Ich würde mich von der Sekundenwelt verabschieden müssen, die sich unaufhaltsam entwickelte, veränderte, zerstörte.

In meinem weißen Bett in der weißen Halle, neben einem zu weißen, leeren Bett liegend, rang ich mit meinem Ich, kämpfte, gewann und hatte doch verloren. Lindas Stimme wieder zu hören übte einen unbeschreiblichen Reiz auf mich aus. Es kitzelte mich in den Fingern, erfüllte all meine Gedanken, trieb mich in einen Zustand unruhiger Sehnsucht. Bei dem Gedanken schon, sie mir nahe zu spüren, stand ich dem Kollaps nahe, weswegen ich den Versuch wagte, mich selbst von der aberwitzigen Idee abzubringen und den Geist auf meine Umgebung zu richten, von der er sich normalerweise so schwer lösen ließ. Nach einigen kläglichen Versuchen, dem Drang zu widerstehen, akzeptierte ich die unwiderlegbare Tatsache, dass die Vernunft nur vermeintlich über unseren Begierden stand. Tatsächlich ließ sich der menschliche Geist von einer beschlossenen Handlung nicht abbringen, auch wenn diese der eigenen Moralvorstellung widersprach. Der rote Telefonhörer verkörperte eine Versuchung, der ich weder gewillt noch in der Lage war, zu widerstehen. Emotionen beiseite, meine Tat war schon im Ursprung bejaht worden, seine Durchführung nur reine Formalität. Diese Tatsache im Mantra wiederholend, gleiste ich mir Schritt für Schritt den Weg von meiner liegenden Position im Bett zu dem Telefonhörer hin, was sich als Schwerstarbeit herausstellte, wollte das auserkorene Ziel doch nicht recht Gestalt annehmen. Bei jedem weiteren Schritt schien sich das Rot des Apparates zu vervielfachen, sich wie ein Farbklecks zu verbreiten, der mit Wasser vermischt wurde und alles in seiner

Umgebung mit demselben, kreischenden Rotton anzustecken. Die Welt um mich herum riss sich aus ihrer gewohnten Gestalt heraus, nahm homogene Formen an, drohte, sich zu einer einzigen Blutlandschaft zu entwickeln. Hitze und Kälte wechselten sich ab, wandelten meinen Körper in einen sich hin und herumwerfenden Clown, eingesperrt in seiner Box der Emotionen. Schmerzwellen überrollten meinen ausgezehrten Körper, erfassten jede Ecke meiner weiten Innenlandschaft, um sich tumorartig meinem Geist anzunähern. Nur noch ein Schritt trennte mich von dem Ursprung des alles umfassenden Rot, des scheinbaren Ursprungs meines Verlangens. Dieser letzte Schritt jedoch stellte sich als Odyssee heraus, die ein Leben lang in Anspruch nehmen würde, eine eigene Welt für sich verpachten wollte, die nur diesem letzten Schritt gewidmet war, diesem letzten, verzweifeltsten all meiner Schritte.

Hallo? Hallo! Wer ist am Apparat? Schweigen. Stille. Von mir war nichts zu erwarten. Hallo. Die Art, wie sie dieses O mit ihren Porzellanlippen formte, ließ mich erkennen, dass sie begriffen hatte. Begriffen, nicht nur, wer am anderen Ende der Leitung stand, so unfähig, sich eine passende Antwort zu diesem Allerwelts-Hallo auszudenken, begriffen auch, worum es eigentlich ging, vielleicht besser als ich selbst. Schweigen, Stille nun auch von ihr. Dieser Moment war unteilbar, unbezahlbar, unnahbar, wohl das Vollkommenste, was ich aus meinem Sein berichten kann. Wellen verbanden uns über die beiden Hörer. Ich versank in unserer räumlichen Stille, die für mich so greifbar war, auf die ich in meinem Allerinnersten hingelebt hatte. Dennoch war einem Teil meiner selbst nur allzu deutlich bewusst, dass eine gefühlte Unendlichkeit keine reale war. Da ich das Paradoxon nicht aufzulösen vermochte, gestand ich mir die Vergänglichkeit unserer geteilten Stille ein, die mit einer gezwungenen Antwort auf ihr herausgespucktes, ausgezehrtes und viel zu lang andauerndes Hallo verbunden war. Jegliche Möglichkeit, den Moment zu verlängern, war abgelaufen und also war ich gezwungen, meine röchelnde Stimme zu erheben. Ich…Erschrocken ob der aus meiner Stimme herausklingelnden Verzweiflung, die sich bei näherer Betrachtung, wie Linda sie als Königsdisziplin beherrschte, als selbstverschuldete, gewillte, dennoch aber abreibende Einsamkeit in einer platzenden Welt zu erkennen gab, brach ich das begonnene Geständnis ab, wohl wissend, dass jegliche Erläuterung meinerseits sich im Nichts auflösen würde, eine reine Formalität darstellen würde. Ein erneut angebrochener Moment des kommunizierenden Schweigens trat ein, erklärte sich von selbst, es war alles so schrecklich einfach. Wann soll ich kommen? Ihre klare Stimme war die ersehnte Verherrlichung, für mich ein paradiesisches Versprechen, das mich tief in einen Trancezustand leeren

Seins versetzte. Linda hatte sich erneut in meine verknotete Gedankenstruktur eingelesen und meinen mir selbst unsicheren Wunsch ihrer Nähe ausgesprochen, was den ersten Teil meiner Erlösung darstellte. Der nächste war mein über raue Lippen gehauchtes Immer. Sie verschaffte mir Einblick in gelebte Leichtigkeit, die ich nur mit ihr gemeinsam erleben durfte. Dieser regelrechte Neid um das angeborene Sich-Überlassen war Bestandteil meiner Faszination, die sich beim Anblick ihrer freudvoll erfüllten Augen erweiterte, die so tief waren und so dunkel, dass sie alles Unbeantwortete, Verschwommene in klares Licht setzten. Oft hatte ich sie gefragt, ob sie sich des Geschenks ihrer sinnstiftenden Person bewusst war, ob sie glaubte, die Welt durch ihre vollen Augen klarer wahrzunehmen als ich, dem die Augen so leer waren, so verzweifelt, etwas in sich aufzunehmen, dass in ihnen einzig der gescheiterte Versuch des Sich-Begreifens festgeschrieben war. Stets antwortete sie, sie verstehe die Frage nicht. Linda war auf eine irritierende Art friedlich, sie täuschte diese Ausgeglichenheit nicht bloß vor, wie es andere oft versuchten, sondern schien mit der Welt mitzugehen, ohne dabei gedankenlos mitgezogen zu werden. Sie hatte das darunterliegende System verstanden, sich angepasst ohne dabei zwanghaft ihre Person zu verändern. Diese Welt, die für mich so fremd, verwirrend und seltsam verzerrt schien, war aberwitziger Weise tatsächlich ihre Heimat. Meinerseits war ich mir stets sicher gewesen, durch Zufall aus einer anderen Sphäre gefallen zu sein, wobei mir das leere Vergessen an jenen Ort als Indiz galt. Hätte ich mich an dessen Gestalt erinnert, wäre mir die Sicherheit über meine tatsächliche Herkunft weniger leicht gefallen. Ich hätte jene Sphäre für eine

Phantasiewelt gehalten, wie so viele andere, die ich mir in meiner allumfassenden Alltagsfurcht ausgemalt hatte. Durch einen einzigen Blick auf die dunklen Schwaden des Erdenlebens, malte ich mir Gemälde, derer ich tausende in meinem verworrenen Geist aufbewahrt hatte. Meine Heimatsphäre jedoch blieb mir unbekannt, legte sich nebulös über mein Bewusstsein, was meine verschwommene Weltansicht verschuldete.

Ein dumpfes Pochen riss mich aus meiner kalten Eifersucht. An der Art des Klopfens – es war sanft und leise aus Rücksicht auf meine empfindlichen Ohren – erkannte ich innerhalb einer kurzen Sekunde, wer sich hinter der weißen Tür befand, Worte waren nicht nötig und also weitete sich die Türangel in regelmäßigen Abständen, bis ich sie gänzlich vor dem Hintergrund des weißen Ganges erblicken konnte. Das heißt, nicht sie, ich erkannte ihre Augen, an denen ich mich festhielt, die mich vom ersten Moment an gestützt, mich vor einem Fall ins bodenlose Nichts bewahrt hatten. Sie verweilte stundenlang dort zwischen Tür und Angel, ich zeichnete hunderte Portraits von ihr, hielt sie tausendmal in meinem Inneren fest, bis sie die Schwelle meiner Welt übertrat. Jeden anderen Eindringling hätte ich zurückgestoßen, wenn nicht durch meine Person an sich, dann durch eines meiner Täuschungsspiele, doch bei ihr hatte es keinen Zweck, sie wäre nur umso bewusster in dem weißen Raum verblieben, der durch mich so dunkel wurde. Sie schminkte sich jegliche Verlegenheit vom Gesicht, malte sich ein Mona-Lisa-Lächeln auf und befreite mich durch ihren Blick von jeglicher Erklärungsnot. Es war alles so schrecklich einfach. Unsere Blicke vereint, saugten wir alles Äußere in uns auf, verwandelten es in stille Ruhe, die sich ausbreitete und sogar meine verworrenen Gedanken in klares Licht stellte. Zum ersten Mal, seitdem ich in der Klinik war, erschien mir dieser gleißend helle Raum tatsächlich weiß, er täuschte keine Klarheit vor, die mir verschlossen blieb, trieb mich nicht noch weiter in die Dunkelheit, stattdessen hob er alles Helle hervor und vervielfachte es sogar, sodass ich vor einem Lichtermeer meiner Gedanken stand. Erstmals seit Monaten fühlte ich mich nicht rest- nicht rastlos einsam, ein Korn meines Innenlebens verband sich mit etwas anderem als meinem endlosen Schauspiel, erfuhr etwas, das dem Verlangen nach der wahren, der Außenwelt entsprach. Schließlich trat sie einen Schritt näher, nicht zu nahe jedoch, wohlwissend, dass es mir Schmerzen bereiten würde, sie zu dicht bei mir zu haben. Ich hatte es lange aufgegeben, mich zu fragen, ob ihr scheinbares Allwissen auch die gebrochenen Gefühle einschloss, die ich ihr gegenüber empfand, die mich innerlich zerrissen und deren Unvereinbarkeit ich mir schmerzlich bewusst war. Ferne zu ihr war schwer zu ertragen, sie riss meinen fragilen Geist weiter auseinander, schliff ihn ab, wie ein reißender Fluss Gestein und spülte ihn tiefer und immer tiefer in eine Kluft, deren Endlosigkeit alleine mir selbst bewusst war. Die innerlichen Qualen, die ich bei jeglicher Nähe, geschweige denn der Berührung einer anderen Person verspürte, machten jedoch auch vor ihr nicht halt. Ob sie all dies erahnte, entzog sich mir, sie war meiner Person so gänzlich fern, wie sie mir innerlich nah war. In einem wohlgemessenen Abstand blieb sie vor mir stehen, was eine tiefgreifende Erleichterung in mir auslöste, so konnte ich sie tatsächlich als sie selbst erkennen, einmalig und unwiderruflich. Sie warf ihre Hand in einer zärtlichen Geste nach vorne, was bei mir eine alles durchströmende Wärme hervorrief. Ich ging in diesem Moment der Vereinigung, der tiefen Verbundenheit auf.

III

Ich wurde mir Lindas Abwesenheit erst aufgrund der Eiseskälte, die meinen Körper erneut ergriffen hatte, schmerzlich bewusst. Mich in der Mitte des Raumes wiederfindend, ging, zog, zerrte ich meinen zerrütteten Körper in Richtung des unschuldig weiß vor mir liegenden Bettes, welches nur einige Schritte weit weg und doch so fern von mir war. Den Blick nur auf das weiße Bettlaken gerichtet, bewegte ich mich vorsichtig vorwärts. Nächtelang hatte ich mich gewundert, warum mein Zustand nicht auf die engelsweißen Bettdecken abfärbte, warum diese nicht schon längst das tiefste Schwarz meines Inneren angenommen hatten, doch immer noch lagen sie rein vor mir. Je mehr ich mich auf das gleißende Weiß konzentrierte, desto stärker wurde ich mir des Kontrastes zwischen dem Bettüberzug und dem kleinen, eckigen Gegenstand auf dessen Oberfläche bewusst. Seine spitzen Kanten schienen tief in die Decke zu schneiden, ihre weiße Unschuld zu durchbrechen. Stundenlang stand ich, erschrocken ob des Kontrastes vor meinem verhassten Nachtlager, bis ich mich mühsam näherte, den Gegenstand abzutasten begann, um ihn anschließend direkt an meine gereizten Augen zu führen. Es war ein kleines, ledergebundenes Notizheft, wie Linda immer eines mit sich mittrug. „Falls mir etwas auf dem Weg einfällt, das schreibenswert ist oder wenn ich beim Warten etwas zeichnen möchte", hatte sie mir geantwortet, als ich sie einmal nach dem Grund dafür gefragt hatte. Ich schlug den dunklen Lederdeckel um und erblickte ihre zarte Handschrift, Für alle Suchenden. Darunter ein Gedicht.

Sauerstoff durchströmt Porzellanlippen
formt Seen aus Lebensenergie
schwappt über, droht zu kentern.

Tauben fliegen gen Himmel
Alles fällt zusammen
klarer Blick versperrt die Sicht.

Schritt im Takt des Weltenrhythmus
Goldene Kugel gen schwarzen Himmel,
Lebenslinien in weicher Erde.

Ihre Worte versetzen mich in einen Zustand dunklen Unbehagens, ließen mich die Unsicherheit meiner Sprache überdenken, hoben sie ins Unendliche, Zweifel übermannte mich. Es war nicht so sehr die Form ihrer Worte, die so offensichtlich in einem Geistesfluss auf das weiße Blatt Papier geworfen worden waren, die sich nach mehrfachem Nachschreiten der Zeilen und Linien nicht als Punktaufnahmen, sondern als Bahnbeschreibung eines aufgeklärten Lebensgeistes erwiesen. Es waren vielmehr die auserwählten Worte, die – jedes einzelne von ihnen – eine sinnvolle Beschreibung einer mir verschlossenen Tatsache schilderten, die zeitlose Wahrheit für sich verpachten konnte. Aberwitziger Weise erschlossen sich mir, als Sprachunfähiger, als hoffnungsloser Analphabet, verloren gegangener Analphabet der menschlichen Sprache, Lindas Worte auf eine Art, die dem Erfassen des ersten verstandenen

Wortes eines Neugeborenen gleichkam. Zum ersten Mal wagte ich einen Blick hinaus aus der Glaskugel, die runder, vollkommener, als die Welt war, die mich nur durch ständiges Weiterlaufen im Hamsterrad des Lebens vor dem Ersticken bewahrte. Lange schon hatte ich es aufgegeben, der Frage nachzuhängen, ob die oberflächliche Vollkommenheit meiner Lebenskugel Grund für das Leiden an den Ecken, Kanten und Kluften der tatsächlich irdischen Welt war.

Zu behaupten, Lindas Worte hätten Überraschung in mir ausgelöst, hätte nicht der Wahrheit entsprochen. Die Art, wie sie ihr Empfinden ausdrückte jedoch schon. Stets war ich mir der tieferen Einsicht Lindas, ihrer Seelenausgewogenheit, ihrer verkannten Erkenntnis bewusst gewesen, doch das Gefühl, meinerseits von diesem grundlegenden Zustand ausgeschlossen zu sein, hatte nie mehr als das dumpfe Bewusstsein ausgelöst, etwas vergessen, etwas Essenzielles verloren zu haben. Was ich jedoch an jenem Tag empfand, fiel mir schwer zu beschreiben, nicht weil mir die Worte dafür fehlten – dies war ein allgemeines Phänomen meiner Person – sondern weil mein Gefühlszustand mir so fernab der Realität war. Einerseits war da das altbekannte Gefühl des Ausgeschlossenseins aus einem sinnstiftenden größeren Ganzen. So sehr ich mich bemühte, mich darin einzufügen, so sehr entfernte ich mich von Lindas strukturierter, logisch vollendeter Welt, in die sie sich einfügte, wie ein Schlüssel ins Loch. Ich für meinen Teil war mir des schwarzen Loches meines Unwissens stets schmerzlich bewusst gewesen, hatte jedoch niemals die Kraft aufzubringen vermocht, den passenden Schlüssel auch nur zu suchen. Mein Leben erschien mir wie ein

Zustand des schmerzhaften Erwachens in dem verzweifelten Versuch, den eben erst gelebten Traum wiederherzustellen, während die Einzelheiten immer weiter in die Ferne rückten. Andererseits riefen Lindas Worte eine längst vergangene Zeit hervor, eine helle Zeit, erfüllt von Glücksmomenten, die mir so selten geworden waren.

Wir saßen beide nebeneinander auf der kleinen Bank, ein wenig Abstand zwischen uns, gerade genug, um unsere gegenseitige Anwesenheit zu spüren, ohne uns zu berühren. Vor uns lag der ruhige See, der hie und da an den Holzsteg schwappte und glucksende Geräusche verursachte. Umgeben nur von Schilf und Wasser, vereint in stiller Zweisamkeit, beobachteten wir den sanften Sonnenaufgang hinter den Bergen, der rötliche Streifen auf den sternenbesetzten Himmel zeichnete. Alles war ruhig, nur das Rascheln des Schilfs, das Plätschern des Wassers und hie und da ein Knacksen der Bäume des Waldes hinter uns war zu vernehmen. Die ganze Nacht hatten wir an unserem Ort verbracht, hatten gemeinsam geredet und geschwiegen, bis Linda ein Blatt Papier aus der Hosentasche hervorholte und es mir stumm überreichte. Es war ein wenig nass an den Ecken von der feuchten Morgenluft. Langsam faltete ich es auf und starrte zunächst nur verständnislos auf die fein verschlungenen Buchstaben. Einen fragenden Blick meinerseits beantwortete sie mit einem ermutigenden Kopfnicken. Ich begann zu lesen.

Wenn die feuchtnassen Füße im Grase
mit dem Sommerklee spielen,
wenn der Kirschblüten Duft
einströmt in Nas' und Por',

wenn das kleine Kind dort droben
stürzt mit Engelslachen ins Gebüsch,
erfüllt den Geist ein Anflug
von freudvoller Sommermelancholie.

Der Vögel frohlockender Gesang,
klingt zeitlos durch die Jahre,
trägt mit sich den Geruch
von tausend Sommernächten,
die uns zusammenbrachten, dich und mich,
in einer weißen Kugel aus Zärtlichkeit,
deren Verweil, nur der eine Tag,
nachklingt im ewigen Sommer.

Dein Lachen, sonnengeküsst,
die perlfarb'ne Hand in meiner,
unser Kuss – der Unschuld vermacht –
unter raschelnden Lindblättern,
wirkt nach im gelb'nen Sonnenlicht,
strömt durch meine Lider
im sanften Sommernachtstraum.

An jenem Morgen begann etwas, das mich mit purer Freude erfüllte, über Monate hinweg an nichts anderes denken ließ, sodass der Schmerz abflaute und mich schließlich ganz verließ. Unser Leben war simpel und das war es, was ich immer gebraucht hatte. Das kleine Haus am Rande des Sees hatten wir mit einem Kredit gekauft, der uns mehr geschenkt, als vergönnt war. Linda arbeitete von früh morgens bis in den Nachmittag hinein, ich konnte den ganzen Tag zum Wandern, Schwimmen und Lesen nutzen, sodass mein Zustand sich rasch verbesserte. Schließlich begann auch ich etwas zu arbeiten, es war nichts Besonderes, ich übernahm lediglich einige Aufgaben Lindas, doch es erfüllte mich mit Stolz, zu sehen, wie meine zittrigen Hände Arbeit verrichteten. Jeden Abend gingen wir durch das hohe

Gras an den Steg, zogen uns aus und gingen nackt nebeneinander schwimmen. Das erste Mal, als Linda sich ihrer Kleidung entblößt hatte, um splitternackt in den kalten See zu springen, hatten sich mir alle Haare aufgestellt, ein Zittern mich festgehalten und ich war, selbst nur in Unterwäsche gekleidet ins Haus zurückgelaufen, um die Tür hinter mir zuzusperren. An der Wand lehnend, tränenüberströmt und immer noch überwältigt von der Intimität, die sie mir hatte zukommen lassen, befreite mich ein leichtes Pochen an der Tür aus der Schockstarre. Es tut mir leid. Ihre zarte Stimme wanderte leise durch die Wände, geisterte im Zimmer umher, bis ich sie vollends in mich aufnahm. Vom sanften, verständnisvollen Klang ihrer Entschuldigung versöhnt, öffnete ich die Tür. Sie war immer noch kaum bekleidet, hatte aber zumindest ihre Unterwäsche angezogen, was mich erleichtert aufatmen ließ. Sie wartete einige Momente ab, um meine Reaktion vollends abzuschätzen, dann schob sie sich, den Blick nach unten gerichtet, an mir vorbei in das Wohnzimmer, wo sie sich mit einem Stöhnen auf die Couch fallen ließ. Es lag eine ungewohnt angespannte, geradezu aufgeladene Stimmung in der Luft. Langsam bewegte ich mich durch den veränderten Raum, arbeitete mich langsam zum Sofa hin, ihrer zarten Gestalt entgegen. Sie hatte die Augen fest geschlossen, die dürren Beine verschränkt, während die Hände still auf den Knien verweilten, wie sie es immer tat, wenn sie über etwas Ernstes, Schwerwiegendes nachdachte. Es waren dies die einzigen Momente, in denen ich mich ihr fern fühlte, in denen sie mich verließ, wenn es auch nur für einen Augenblick war. Eine kalte Angst überlief mich dann stets, da Unsicherheit, Schmerz und Gefühle zurückkamen, die ich weit zurück geglaubt hatte. Ohnmacht übermannte mich angesichts der Situation, an der ich nichts zu ändern vermochte. Ich war mir schmerzlich im Klaren darüber, dass auch Linda

Momente der Schwäche heimsuchten. Doch im Gegensatz zu ihr konnte ich rein gar nichts dagegen tun. Ich hatte keine heilsame Wirkung auf sie, sondern schien ihre Episoden im Gegenteil noch zu verschlimmern. Also kauerte ich, noch immer haltlos zitternd und von Unsicherheit ergriffen, neben der Couch in verrenkter Position. Vertraust du mir? Etwa eine halbe Stunde waren wir schweigend nebeneinander gesessen, beide in dunkle Gedanken vertieft und darauf bedacht, deren Inhalt dem jeweils anderen nicht mitzuteilen. Vertraust du mir? Beim zweiten Mal erst begriff ich die Bedeutung ihrer Worte, wurde mir klar, dass ich derjenige war, von dem sie eine Antwort verlangte. Wissend, dass ich Zeit brauchte, meine Worte zu finden, verharrte sie still, bis ich flüsternd hervorbrachte: „Immer". Damit schien alles gesagt zu sein. So einfach war es und doch so schwierig. Der untergründige Vorwurf war mir nicht entgangen, auch wenn ich weder die noch den Mut hatte, ihn direkt anzusprechen. Wie würde ich jemals zurückzahlen können, was sie für mich tat? Seit zwei Jahren lebten wir nun schon in zweisamer Einsamkeit, ein Liebespaar ohne Worte, ohne Küsse, ohne Berührungen. Sie heilte mich auf eine Art und Weise, die von niemandem nachgemacht werden konnte, wusch alle Schwärze aus meiner Seele und machte mich zu einem Menschen, der das Leben hinnahm, anstatt es hinter verschlossenen Türen abzulehnen. Wir waren gemacht füreinander. Jeden Tag und jede Nacht wunderte ich mich über diese Tatsache, waren wir doch der Stärkste aller Kontraste, wie Menschen zweier unterschiedlicher Welten. Doch wir schafften es. Dennoch warf ich mir selbst Tag ein Tag aus Vorwürfe an den Kopf. Wie hatte ich sie verdient? Ich wusste es nicht, wusste nur, dass sie eine scheinbar unendliche Geduld mit mir hatte. Darin also bestand der Vorwurf: Ich wusste genauso gut wie sie, dass sie täglich Opfer für mich darbrachte, sich nur um mich kümmerte, während sie die ganze Welt hinter sich ließ. Und dennoch lief ich vor ihr davon. An jenem Tag schwor ich, mich zu ändern. Beim nächsten Mal am See riss ich mir zitternd meine Kleider vom Leib, entblößte mich, bis ich nichts mehr besaß, außer meine Scham. Mit wackligen Knien rannte ich so schnell wie möglich ins Wasser. Von dem Zeitpunkt an ertrug ich ihre nackte Haut neben der meinen mit einem immer schwächer werdenden Stich im Herzen.

Bei all unseren Unterschieden verband uns jedoch eine Leidenschaft, die alles in den Schatten zu setzen vermochte. Seit jenem Morgen, an dem sie mir wortlos das Papier mit ihrer verschlungenen Schrift in die Hand gedrückt hatte, entdeckten wir eine Liebe, die uns mehr verband als alles andere: die Liebe zu Gedichten, Geschichten, zu Liedern und überhaupt allem Erdachten. Stundenlang saßen wir nebeneinander auf der Bank am See oder im hohen Gras vor dem Haus und lasen und sangen und schrieben. In den Geschichten konnte ich sein, wer ich wollte, die Welt stand mir offen und ich erkundete sie mit Linda durch unsere Geschichten. In unseren erdachten Welten, war ich der für sie, den sie verdient hatte, ein Partner auf Augenhöhe, der sie mit allem versorgte, was sie benötigte. Es war mir möglich, nicht nur Schmerzlinderung von ihr anzunehmen, sondern ihr die Gabe auch zurückzuerstatten, sie zu beschützen, zu beruhigen und zu streicheln. Stundenlang malten wir unsere Zukunft auf weiße Leinwände, schrieben sie in unseren Geschichten nieder, fast schon überzeugt davon, dass sie nach einer gewissen Zeit wahr werden würden, wenn wir sie nur oft genug in unseren Köpfen abspielen ließen. Unzählige Sommertage verbrachten wir Seite an Seite in der Einsamkeit des Sees, jeder in seine eigene Welt vertieft, nur um danach alles bis aufs kleinste Detail durchzusprechen, zu verbessern, bis es schließlich nicht mehr das Werk von einem von uns beiden war, sondern von beiden zu gleichen Teilen.

Wir schrieben Lieder, die uns zum Weinen, Lachen oder Nachdenken brachten und hielten unsere Gefühle auf hunderten Leinwänden fest, die allesamt in der kleinen Hütte hinterm Haus hingen, die wir eigens zu unserem Archiv umfunktioniert hatten. Betrat man den alten Schuppen, sah man zuerst nichts, so dunkel war es dort, doch der Geruch nach frischer Farbe überflutete einen umso stärker. Irgendwann gewöhnten sich die Augen an die Dunkelheit und man bekam Reihenweise Holzstellagen zu Gesicht, bis zum Rande gefüllt mit Photographien, Gemälden, Collagen oder Zeichnungen. Ging man durch die Reihen entlang, bekam man unsere tiefsten Begierden und all unsere Wünsche zu sehen, hier eine monotone Farbwüste, erfüllt von wunderbaren Nuancen der einen Farbe, dort eine Aktzeichnung, –zwei Menschen ineinander verschlungen – dahinter eine bizarre Welt aus geometrischen Formen. Wir hatten uns unsere eigene kleine Welt aus Geschichten, Farben und Formen gebastelt. Es war schön. Es war ein wunderschönes Leben mit ihr.

Eines der schönsten Details unserer gemeinsamen Zeit war wohl auch die Einsamkeit. Auf Landkarten war der See kaum zu finden, an den sich unser Haus anschloss, nur der Kenner konnte den winzigen blauen Punk ausfindig machen, der sich, umgeben von Schilf, ein Stückchen weit vom Waldrand befand. Das erste halbe Jahr, in dem wir das Haus bewohnten, war uns nicht einmal Post überbracht worden, sodass wir tatsächlich von allen Geschehnissen der Außenwelt abgeschnitten waren, es sei denn, Linda verrichtete Einkäufe in dem kleinen Dorf, das sich vierzig Minuten von uns befand und von dem sie zumeist mit einer Sonntagszeitung zurückkam. In unseren zwei Jahren hatte nur ein einziger Wanderer den Weg zu uns gefunden. Es hatte schon zu dämmern begonnen und wir machten uns gerade auf den Weg zum See, um unser abendliches Bad einzunehmen, als wir am Waldrand ein einsames Männchen erblickten. Zunächst zweifelte ich an meiner Sicht, waren doch alle Wanderpfade weit ab von unserem Haus – nicht einmal ein Amateurbergsteiger konnte sich derart verlaufen. Doch ich hatte mich nicht geirrt: bei genauerem Hinsehen konnte man deutlich den Wanderstab und den Jägerhut mit dem Gamsbart erkennen. Desinteressiert an jeglichem menschlichen Kontakt außerhalb unserer Zweisamkeit, wollte ich unseren Weg wie gehabt fortführen, doch Linda wandte sich pflichtbewusst um und bahnte sich einen Weg durch das Gebüsch, hin zu dem etwas älteren Herren. Ich folgte ihr widerwillig. Als wir durch das hohe, stechende Gras stapften, überkam mich eine üble Vorahnung, die sich mit jedem weiteren Schritt verschlimmerte, bis wir nur noch einige Meter von dem Mann entfernt waren und sein Anblick mir bestätigte, was ich befürchtet hatte: Mein Vater. Ein wenig gebeugt von den Anstrengungen der Wanderung, stand er vor mir, ein strahlendes Lächeln auf den Lippen, das so ungewohnt war, dass ich mich beinahe vor ihm fürchtete. Die Arme ausgebreitet ging er auf mich zu, besann sich jedoch eines Besseren, sobald er mein erschrockenes Gesicht erblickte. Dennoch ließ er es sich nicht nehmen, Linda liebevoll in seine Arme zu schließen und sie wie eine verschollene Tochter zu drücken, während sich seine Augen leicht anfeuchteten. Anschließend nickte er mir mit einem fröhlichen Zwinkern in den Augen zu und brach das freudige Schweigen. Wahnsinn, ein kleines Paradies habt ihr euch hier geschaffen! Seine Augen glitzerten begeistert, während er die Worte „Wunderschön", „So ruhig" und „Abgeschieden von allem" vor sich hin murmelte. Linda wickelte ihn sogleich in Erzählungen über unser Leben ein: Sie schilderte von dem tagelangen Gewitter, dem wir ohne jegliche Aussicht, es irgendwie in das Dorf zu schaffen, ausgesetzt gewesen waren. Drei Tage und drei Nächte lange waren wir gezwungen, nur aus unseren beschaulichen Vorräten zu essen. Während der Erzählung geriet sie über das angenehm lauschige Kaminfeuer im Wohnzimmer ins Schwärmen, das wir mit immer mehr Holz angefüllt hatten, bis auch dieses ausgegangen war und wir uns unter unsere Daunendecken gekuschelt hatten. Auch die herrlich schaurige Kerzenbeleuchtung ließ sie nicht aus, die wir gezwungenermaßen im Wohnzimmer angezündet hatten, da der Blitz in unseren Strommasten eingeschlagen hatte. Später vertraute sie meinem enthusiastischen Vater auch unsere gemeinsam entdeckte Leidenschaft an, unsere Gedichte, die Geschichten und Bilder, bis sie ihm schließlich sogar – angesteckt durch seine kindliche Begeisterung – anbot, ihm eine unserer Melodien vorzuspielen. Mir gefiel dieser allzu intime Einblick in unsere Welt nicht, die ich für meinen Teil nur für uns zwei reserviert haben wollte, doch aus Angst, Linda wie damals am See zu sehr von mir zu stoßen, hielt ich mich unter höchster Anstrengung zurück. Als wir vor dem Haus angekommen waren, spielte Linda bereits gestenreich nach, wie wir zu zweit versucht hatten, den Ofen zu reparieren, nachdem der Heimarbeiter uns aufgrund der zu großen Distanz abgesagt hatte. Keine Einzelheit auslassend, führte Linda meinen Vater ins Haus, um ihm die Klebstoffflecken zu zeigen, die bei unserem Versuch entstanden waren, uns selbst an der Reparatur zu versuchen. Schallendes Gelächter erklang aus der Küche, während ich noch im Eingang stand, unsicher, was ich von der surrealen Situation halten sollte. Doch es blieb mir auch nicht ausreichend Zeit dafür, denn Linda eilte sogleich herbei, um mich dazu zu drängen, Vater jede Ecke unseres Hauses zu zeigen. „Und vergiss nicht den Bilderschuppen", rief sie mir noch fröhlich hinterher. Ich merkte deutlich, wie die Hochstimmung meines Vaters in meiner Anwesenheit deutlich sank, was ihn jedoch nicht davon abhielt mir jedes kleinste Detail aus seinem Leben, dem meines

Bruders und meiner Mutter zu erzählen. Er wäre hierher gekommen, weil er sehen wollte, ob ich glücklich war. Du bist doch glücklich oder? Ja, das war ich. Er fuhr fort mit ewigen Geschichten aus meiner Kindheit, die alle die unterschwellige Peinlichkeit seinerseits nicht ausließen. Ich sei ein schwieriges Kind gewesen, meinte er, doch was ich mir hier gemeinsam mit Linda, einer fabelhaften Frau übrigens, aufgebaut hatte, war rundum gut. Ich sei auf dem richtigen Weg und darauf sei er stolzer als auf alles andere, versicherte er mir mit einer etwas hilflosen Geste in der Luft. Nicht wissend, was ich auf diesen plötzlichen Gefühlsausbruch erwidern sollte, blieb ich eine Weile lang stumm neben ihm stehen und beobachtete ihn, wie er sichtlich in Gedanken verloren aus dem Fenster auf den See starrte. Seine Hände waren ineinander verschlungen, er rang im wahrsten Sinne des Wortes mit sich selber, während seine Finger sich zu festen Knoten verkeilten. Dann drehte er sich ein wenig in meine Richtung, sodass er mir direkt in die Augen schauen konnte. Mach nicht denselben Fehler wie ich. Schau auf sie. Strenge lag in seinem Blick, der mich wie im Schraubstock gefesselt hielt. Versprichst du es mir?, fragte er hoffnungsvoll, wohl wissend, dass ich ihm ein derartiges Versprechen nicht geben konnte. Ich schwieg. Einige Zeit lang standen wir beide gedankenverloren vor dem Fenster in unserem Schlafzimmer, bis Linda aus der Küche zum Essen rief. Froh darüber, dass wir keine Zeit gehabt hatten, das Atelier in der Holzhütte hinter dem Haus anzusehen, leitete ich meinem Vater den Weg voraus in die Küche. Es wurde ein heiterer Abend mit viel gutem Essen und noch mehr zu trinken. Als Linda jedoch ihre Gitarre aus dem Kasten holte, um eine unserer Melodien zu spielen, entschuldigte ich mich unter dem Vorwand, Kopfweh zu haben, wohl wissend, dass die beiden anderen sich über meine wahren Gründe im Klaren waren. Als ich aus dem Zimmer ging, spürte ich den traurig enttäuschten Blick meines Vaters auf meinem

Rücken liegen. Dies war das einzige Mal, dass unsere Einsamkeit am See gestört worden war.

Gedankenverloren drehte ich mich in meinem Klinikzimmer im Kreis um mich selbst, immer weiter, immer schneller, die weiße Robe hinter mir her. Hoch hinauf schaute ich, Richtung der Decke, die mir einst so erdrückend tief vorkam, die jetzt immer höher aufstieg mit mir in die Höhe. Von alledem registrierte ich äußerlich nicht viel, nur der dunkle Fensterrahmen, der bei meinen konzentrischen Kreisen in stetigen Intervallen wiederkehrte, drängte sich in meine Wahrnehmung. In meinem Inneren drehte sich nichts, bewegte sich nichts, es herrschte bedrückende Stille. Mein Leben lang, durch all mein Leiden, durch den Lärm und all die kreischenden Farben und Worte, die mir so verhasst waren, hatte ich mir stets nur Stille gewünscht, einen Moment bloß, der mit absoluter Stille gefüllt sein sollte. Erlösend hatte ich mir diesen Moment vorgestellt, in dem ich ganz auf mich gerichtet war, in dem die Ruhe alles in meinem Inneren wegfegen sollte, wie ein lauer Herbstwind die Blätter. Leere war ein Machtwort für mich gewesen, mein Geist lechzte nach wahrhaftiger Freiheit, dem Freisein von allem Äußerlichen, was mir in diesem Moment der Erregung ferner denn je vorkam. Tatsächlich machte es mich tollwütig, rasend machte es mich, als ob der stille Narzissmus, von dem ich besessen war, nur noch mehr Weltschmerz, mehr Leid mit sich brächte. Und also drehte ich mich immer weiter im Kreis um mich selbst, immer schneller und immer schneller, die weiße Robe hinter mir her, wie ein königlicher Schleier.

Irgendwann musste wohl ein weißer Engel zu mir ins Zimmer gelaufen sein und mich an mein Bettgestell geseilt haben, wie es so oft vorkam. So lag ich versunken am Boden, die Glieder schmerzten mir, der Kopf kam mir vor wie ein Zerbrochener und doch hatte ich ein stilles Lächeln auf den Lippen, das mir den Umständen entsprechend, entlegener vorkam als das Faktum, dass ich an das Bettgestell festgebunden worden war, ohne jegliche Erinnerung davon hervorzutragen. Es erschien mir nicht einmal absurd, dass das Seil, mit dem ich festgebunden worden war, nur scheinbare Knoten in sich trug, sich bei genauerer Betrachtung jedoch mit einem leichten Handgriff lösen ließ. Dies zu tun, es zu lösen also, fiel mir schwer. Tatsächlich ging es doch um die Entscheidung zwischen dem Verbleib in der fürsorglichen Hand der Klinik oder der wilden Freiheit des Außenlebens. Geborgenheit zum Preis von Freiheit, war es das wert? Wenn ich die Fesseln ablegte, würde ich mich der brutalen Wahrheit der Welt stellen müssen, verblieb ich hier, durfte ich mir meine eigene ausmalen. Und, wie ich nach jahrelanger Erfahrung im alltäglichen Umgang gelernt hatte, war niemand der Wahrheit so nahe, wie ein Irrer. Die Maulklappe vor dem Mund, mit Seilen um meinen zerschlissenen Körper verweilte ich also freiwillig an mein Bettgestell gebunden. Gerade noch vertieft in den Widerspruch zwischen Freiheit und Geborgenheit, erblickte ich ein Papier auf meinen Oberschenkeln, das mit meiner eigenen Schrift besprenkelt war. Die Arme durch die Fesseln zurückgehalten, verrenkte ich mich in die unnatürlichsten Positionen, bis ich es endlich schaffte, den Zettel zu entfalten. Ich verspürte eine unbändige Gier nach Worten, die ich nun zu stillen suchte.

Weltenlaut

grell verstimmt
steht gegen mich
Klang ergraut.

Augenlicht
Geschenk des Himmels
bleibt versperrt
tritt schrill hinaus.

Fluten, Ströme,
Gebieter der Lüfte
Asche steigt auf
in ewige Nacht.

Zitternd erhob ich meinen Blick von dem bemalten Blatt vor mir, schaute hoch hinaus in die Leere des engen Zimmers, geplagt von meinen eigenen Worten. Von Beginn an hatte sich die Welt gegen mich gestellt, lodernden Groll gegen mich gehegt. Ihre Musik, für andere helle Symphonie, war mir verzerrte Dissonanz, riss mein Ohr entzwei. Versucht mich von meinen Gedanken zu distanzieren, riss ich mich nun doch von meinen Fesseln los und ging langsam gen Fenster, meinem einzigen Weltblick entgegen, dem Zugang zu dem, was von meinen Mitinsassen unter halb geöffneten Lippen geisterhaft „Realtität" benannt wurde. Jeder Schritt ließ meinen ausgemergelten Körper schwerer werden, band Betonblöcke an meine Füße, die stetig an Masse zunahmen, mich immer weiter hinunter zogen und auf ewig an den Boden zu binden drohten. Niemals hätte ich mir besondere Willenskraft zugesprochen, doch irgendetwas kämpfte sich mit mir gemeinsam dem so fernen Lichtquell entgegen. Schritt für Schritt näherte ich mich meinem Ziel, das immer heller wurde, immer größer, was mir jedoch kaum auffiel, da ich mich nur noch auf die Bewegung meiner betongemeißelten Füße konzentrieren konnte. Bei jedem erneuten Versuch, mich dem Lichte zu nähern, schien der Fußboden wellenförmig auszuschlagen, wie bei einem Beben, sodass mein Fuß nur unter Schwierigkeiten einen Untersatz fand. Schließlich, es kam mir vor wie das größte Werk, das man meinem Leben verbuchen konnte, gelangte ich an das weiße Gitterfenster mit den weißen Streben, aus dem helles Mittagslicht strömte. Unter all dem klaren Weiß brannten meine Augen, ich wollte sie schließen, nur für eine Sekunde die erholsame Dunkelheit auskosten, doch dies wollte mir nicht gelingen und also stand ich da vor meinem weißen Fenster in der Klinik und erblindete stumm. Es glich jenem Anklang des Frühsommers, an dem der Sonnenstand einen Winkel erreicht, in dem er über einen ganzen Tag hinweg die Nase reizt, die Haut wie kleine Nadeln lebendig bestich und alles in goldene Farbe eintaucht, die einem das Augenlicht wegzubrennen droht. Unendlich viel Tinte war an jene eigenartigen Naturmomente verflossen, in denen der Frühling im goldenen Schein erwacht; dennoch verschloss sich mir die Begeisterung der meisten Großen. Mir bedeutete dieser Jahresabschnitt ein ständiges Versteckspiel zwischen meiner selbst und den alles auslöschenden Strahlen, die mir grausam das Augenlicht nahmen und in die dunkelsten Gemäuer jagten, bis schmerzhaft jegliche Erinnerung an die Winterruhe aus meinem Kopf verbannt war. Nicht die zarteste Blüte konnte mich glücklich stimmen, bescherte mir doch nur ein Blick in die gleißenden Frühlingsstrahlen Blindlicht, das bis tief in mein Herz stach, alle Farben auslöschte und durch glühende Flammen ersetzte. Mich diesem alles erfüllenden Blindheitsgefühl hingebend, stand ich also vor dem Fester, den Geist erfüllt von Weißlicht, das jegliche Erinnerung an meine Identität auszulöschen gewillt war. Nur langsam kämpfte ich ein aussichtslos erscheinendes Gefecht gegen die Vergesslichkeit, versuchte das flüssig weiße Licht aus meinem ansonsten so dunklen Inneren zurückzudrängen, was mir nur unter größter Anstrengung gelang. Es kostete mich die gesamte Restkraft, die ich noch aufbringen konnte, meine Brust zu heben und zu senken, doch selbst dieser Automatismus ging auf Kosten jeglicher anderer Funktionen, sodass ich Sicht und Gefühl verlor. Stunden, Jahre stand ich da vor dem Fenster, konzentriert nur auf meine Brust allein, versucht, die Anstrengung abzuschwächen, was mir nur allzu langsam gelang.

Irgendwann kehrte mein schwacher Überlebenswille jedoch zurück, die Brust hob und senkte sich von allein, das Augenlicht kehrte zurück. Ich wusste nicht, ob mir damit Gutes getan war; mit dem Licht kam auch Verantwortung zurück, die mich in meinem äußersten aller Zustände verlassen hatte, um sich nun erneut wie ein Schwergewicht auf meine Schultern zu legen, das ich partout nicht ablegen konnte. Licht kehrte zurück und damit der Schmerz in meinen Augen, Geräusche nahmen Form an, füllten meine Ohren mit kratzigen, rauen Lauten, die auszuhalten mich herausforderte, Gespür kroch in meine Glieder und füllte sie erneut mit Unsicherheit, Verlorenheit und einem allumfassenden Zweifel. Das war wohl das Leben: Die Ansammlung schreiend um sich werfender Farben, quietschender Geräusche und Gefühle, deren Echtheit anzuzweifeln nur geraten werden konnte. Und noch etwas, dessen Tiefe sich nicht genau ermessen ließ, etwas, das wohl, wenn es darauf ankam, das wichtigste war. Ob es tatsächlich das eine große Gefühl war, das lebenserfüllende, sinngebende Gefühl, von dem sich alle bemühten, es künstlerisch festzuhalten, wusste ich nicht festzulegen. Unbeschreibbar, beängstigend und unberechenbar war es, groß und doch nicht einzufangen, breitete es sich aus und war am ehesten am Rande des Daseins zu spüren. Vielleicht war das der Grund, weshalb ich es mein ganzes Leiden hindurch so unleugbar empfunden hatte: Weil es nur am Lebensrand sich verstärkte, sich nur am Abgrund aufbauschte zu einer Wolke aus Lebenslust, die ganz pur als schrecklich grausam wahrgenommen wurde, die einen in sich aufnahm und verschluckte. In diesen Nebelschwaden betrachtete ich die Welt. Zog man alles andere ab, alle Ablenkungen, alle Versuche der Koketterie, jeden schönen Augenschlag, ging ihr Glanz mit ihr ins Grab.

IV

Zwei Menschen auf der Straße gingen gesenkten Kopfes aufeinander zu, drohten an dem bevorstehenden Zusammenstoß zu zerbrechen, um sich nur einen Bruchteil zuvor der brennenden Gefahr bewusst zu werden. Sie schenkten sich einen Blick, einen Augenschlag, beinahe war es ein Lächeln, welches sich auf ihren dunklen Gesichtern abzeichnete, dann wichen sie einander aus, gingen weiter, den Blick auf die Zehenspitzen verharrt. Ich wollte den beiden nachweinen. Der Moment wirkte hundertfach auf mich, zog mir die Eingeweide zusammen, bündelte meine gesamte Leidenskraft auf die beiden, die sich gemeinsam verirrt und einander den falschen Weg gedeutet hatten. Sie hätten die Kreuzung gemeinsam überqueren können, doch ihr Mund hatte sie verraten, das Lächeln sie hintergangen. In einer Endlosschleife wiederholte sich die Szene, lebte und vermehrte sich, bis meine Welt nur noch aus den beiden bestand. Wie viele Träume wurden durch ein leichtsinniges Lächeln zerstört? Ich wollte sie nicht zählen und tat es doch. Solange bis ich mir sicher war, dass mein Lächeln mir weit mehr entrissen hatte als meine Tränen es jemals könnten. Erst als es draußen zu regnen begann, bemerkte ich, dass sich meine Mundwinkel nach oben verschoben hatten, von mir unbemerkt nahmen sie meine Tränen in sich auf, kosteten ihren salzigen Geschmack, der mich laut auflachen ließ.

Linda lag im Dornröschenschlaf auf dem Sofa im Wohnzimmer, die Knie an die Brust gezogen, eine Decke über ihrem sonnengebräunten Körper. Ich beobachtete, wie sich ihre Augen unter den Lidern im Traum bewegten, ihre Glieder zuckten und ihr Mund leise die Worte nachzeichnete, die ihr im Traum kamen. Mit einem stillen Lächeln auf den Lippen schlich ich auf Zehenspitzen in die Küche, um sie nicht zu wecken. Ich ließ die Türe angelehnt, um einen leichten Luftzug ins Haus zu locken. Die Hitze war zur Sommerzeit trotz der Nähe zum See für mich schwer zu ertragen. Meine Haut war nach meinem jahrelangen Klinikaufenthalt und dem damit verbundenen Ausgehverbot derart blass geworden, dass sie sich bereits nach wenigen Minuten im Freien rötlich verfärbte. Auch mein Hitzeempfinden war unter den dort vorherrschenden quarantäneartigen Zuständen deutlich sensibler geworden. Im Winter, wenn der kalte

Nordwind durch alle Ritzen und jede Öffnung des Hauses trat, überzog sich meine Haut mit dauerhaften Kältepusteln. Im Sommer hingegen plagte mich der Schweißgeruch, der sich in jedem meiner Kleidungsstücke penetrant festsetzte.

Ich schnitt gerade Paradeiser für das Sonntagsomlett, das Linda so gern aß, als ich durch den Türschlitz ein leises Pochen, dann das Geräusch zerspringenden Glases vernahm. Verwundert schritt ich ins Wohnzimmer. Dort auf der Couch strampelte Linda um sich, die Augen wie im Wahn halb geöffnet, die Pupillen wild durch den Raum rollend. Sie murmelte unverständliche Worte vor sich hin und riss sich dabei selbst ein Büschel Haare aus. Ich lief zu ihr hin und begann, sie grob an der Schulter zu schütteln, wobei ich einige Schläge ihrerseits hinnehmen musste. Es war seltsam, daran zurückzudenken. Dies war unsere erste tatsächliche Berührung, das erste Mal, dass ich ihre weiche Haut gegen die meine spüren durfte. Die erste Berührung war ein Schlag. Ein harter Schlag direkt an die Brust. Schließlich gelang es mir, sie gewaltsam aus dem Schlaf zurück in die Realität zu holen. Als sie wieder bei vollem Bewusstsein war, rückte ich weiter weg von Linda, hielt den gemessenen Abstand. Sie saß wie vom Blitz geschlagen, ganz steif und kerzengerade auf dem Sofa. Erst nach einiger Zeit fiel mir auf, dass sie heftig zitterte, also ging ich die Stiegen hinauf, ihr eine Decke zu bringen. Als ich zurückkam, begann sie zu sprechen. Ich habe geträumt, dass wir Kinder haben, begann sie mit trockener Stimme zu erzählen. Mein Körper versteifte sich, die Decke im Klammergriff hörte ich ihr zu und war doch Meilen weit entfernt von ihr, weiter denn je. Mit geschlossenen Augen sprach sie monoton weiter. Ein kleines Mädchen und einen Burschen. Sie waren unheimlich klein und wunderschön. Der Bursch sah aus wie du, weißt du? Genau die gleichen Augen. Er war so glücklich, er ist herumgesprungen und gelaufen und du hast ihn in die Arme genommen. Ich bin mit der Kleinen nachgekommen. Wir waren langsamer, aber es war egal, ihr seid vorausgelaufen, aber ich wusste, dass ihr warten würdet. Immer hinter dem nächsten Stein, dem nächsten Baum, habt ihr uns erschreckt und wir haben begeistert mitgespielt. Doch als wir schon fast beim See angekommen sind, habt ihr ein letztes Wettrennen gemacht. Du wolltest noch einen Stopp vor der Straße machen, aber der Kleine hat sie hinter dem hohen Gras nicht gesehen…er war einfach zu schnell. Du hast geschrien wie ein Verrückter und bist nachgelaufen, doch es war zu spät. Eigentlich fahren nie Autos auf der Straße, aber in meinem Traum war eines da. Es hat mir mein Kind genommen. Unser Kind. Während sie all dies mit einer trockenen, emotionslos leeren Stimme erzählt hatte, waren meine Muskeln eingefroren, ich stand als Eispflock im Wohnzimmer und musste unweigerlich miterleben, was als nächstes kam, was ich immer befürchtet hatte. Ich stand zu ihrer Seite und also konnte ich genau beobachten, wie sich ihre Muskeln anspannten und sie sich langsam und noch immer zitternd aufrichtete, die Augen geschlossen, das Gesicht schmerzverzogen. Dann drehte sie sich zu mir um, schaute mir in die Augen. Es war, als wäre der Moment stecken geblieben, er spielte sich seit jenem Tag in einer Dauerschleife in meinem Kopf ab, lief stundenlang vor meinen Augen vorüber. Ich kann das nicht mehr. Ich brauche dich. Ich brauche dich so sehr, dass es weh tut, jeden Tag und jede Nacht. Ihre Stimme blieb stecken, sie schloss die Augen und ließ die Tränen langsam ihre

Wangen hinunterlaufen. Ich spürte, wie alles in mir schwer wurde, wie wenn jemand Gewichte auf meine Schultern gelegt hätte, unter denen ich langsam, aber sicher zusammenbrach. Schließlich stand ich wie gelähmt vor ihr, unfähig mich auch nur einen Zentimeter näher an sie heranzubewegen. Ich verfluchte mich innerlich tausendfach, wollte gegen mich selbst ankämpfen, doch es war mir unmöglich. Ich konnte sie kein weiteres Mal anfassen, nicht so, nicht irgendwie anders. Es ging nicht. Nun liefen auch mir die Tränen in Strömen aus den Augen. Irgendetwas in mir versuchte es doch noch, machte den letzten verzweifelten Versuch, etwas zu retten, das von Anfang an zum Tode verurteilt war. Du hast mich, brach es mit einer unbekannt weichen und von Liebe erfüllten Stimme aus mir hervor. Sie öffnete die Augen, ihre tiefen, dunklen Augen und warf mir einen Blick zu, der ihrerseits alles aussprach, was ich befürchtet hatte. Das letzte, was ich von mir geben konnte, war das eine Wort, das allem ein Ende setzte. Immer. Während die Welt vor meinen Augen zusammenbrach, stand ich still und fern von den Vorgängen um mich herum im Zimmer, reglos, fast wie eine Statue. Alles um mich herum drehte sich, Farben vermengten sich vor meinen Augen, sodass sich alles in grau-braune Formen verwandelte. Das Herz pochte mir in der Brust, gerade so als würde ich um meine letzte Stunde kämpfen und mein Kopf schien unter den Schmerzen entzweizubrechen. Ein schwindelartiges Gefühl besetzte mich, zog mir Hals und Nase zusammen, nahm mir die Luft weg, sodass ich nur noch schnaufend und stellenweise zu Atmen kam. Irgendwann wurde es ruhiger in meinem Inneren, wenn sich auch der Schmerz nicht legte. Ich versuchte einige Schritte. Überrascht, dass meine Beine mir gehorchten, bewegte ich mich über den schwankenden Boden bis zur Couch, auf die ich mich wie ein Schiffbrüchiger niederfallen ließ. Das Geräusch leise brechenden Glases weckte mich aus meiner Trance. Ich schaute hinunter auf meine Füße und erblickte einen zerbrochenen Bilderrahmen. Das Bild, das sich darin befand, war jenes, das wir am ersten Tag unserer gemeinsamen Zeit aufgenommen hatten. Beide lächelten wir glücklich in die Kamera, als könnten wir jede Aufgabe und jede Hürde gemeinsam bewältigen.

Leblos. Leer. Zerbrochen. Wochen lang, Monate, ganze Jahre trauerte ich etwas nach, das nie zur Gänze existiert hatte. Das „Immer" geisterte in meinem Kopf umher, hallte ums Unendliche verstärkt nach. Der Schmerz, der anfangs meine Brust besetzt hielt, genau dort, wo Linda mich damals geschlagen hatte, wich langsam einer aufgeblasenen Leere. Jeder einzelne Moment, den ich mit ihr hatte verbringen dürfen, kehrte an die Oberfläche zurück und hinterließ tiefliegende Narben, die niemals verheilen würden. Die Art, wie sie am Morgen neben mir aufwachte, Schlaf in den Augen und mit einem liebevollen Lächeln im Gesicht. Die gemeinsame Morgenroutine: das Liegenbleiben im Bett, während wir den Vögeln zuhörten, wie sie einen neuen Tag ankündigten. Das Anziehen, jeder für sich, nebeneinander und mit einer Spannung auf etwas, von dem wir beide wussten, dass es immer nur ein flüchtiger Gedanke in der Luft bleiben würde. Das gemeinsame Frühstück, von mir zubereitet, während sie einige Übungen auf ihrer Matte vor der Haustür im Morgenlicht absolvierte, welches wir anschließend im Freien einnahmen. Tausend solcher Momente flogen in meinem

Kopf umher, ohne dass ich sie hätte auslöschen können. Sie hatte mir die Bücher gelassen, in denen wir all unsere Gedichte, all die Lieder und Träume aufgeschrieben hatten. Der Nachklang einer Ewigkeit, die uns nie vergönnt war. Kaum wagte ich es, sie anzufassen, überzeugt, dass nur eine gelesene Zeile mich zurückversetzten würde. Zurück an unseren Ort auf der Bank am See, auf der wir unsere gemeinsame Zukunft vor den Augen gehabt hatten. Mutter versicherte mir bei jedem ihrer wöchentlichen Besuche in der Klinik, in der ich seit unserem Ende wieder zurückgekehrt war, dass Zeit Wunden heile. Beide wussten wir, dass keine Zeit der Welt heilen konnte, was ich empfand. Es war, als hätte jemand einen Teil von mir genommen. Es war jener Teil, der mir niemals ganz angehört hatte, jener, den erst Linda mir geschenkt hatte. Linda, mit ihrer simplen Lebenslust, ihrem Feinsinn für alles Schöne und ihrem offenen Ohr, mit dem sie mir alles Schwere wegnahm. Sie kam auch öfters zu mir, doch es war anders als früher. Wenn sie durch die Tür trat, waren ihre Augen nicht mehr von freudvoller Energie erfüllt, die langsam auf mich überschwappte, sondern mit Bedauern und einem Anflug von Sehnsucht. Sie versuchte, sich mir zu erklären, so gut es ging, doch ich wusste bereits alles. Ich wusste, dass sie mich geliebt hatte, wie niemanden zuvor, dass sie die gemeinsam gezeichnete Zukunft mit ebenso großem Verlangen ersehnt hatte wie ich, dass sie ein Teil von mir war und ich einer ihrer selbst. Doch all dies war nicht genug gewesen und unsere Zeit war in etwas aufgegangen, das größer war als wir selbst. Linda versuchte sich nie zu rechtfertigen, weil sie wusste, dass ich verstand, was sie tun musste und dennoch waren ihre Augen erfüllt von Schuld und Reue, wenn sie mich erblickte. Beinahe konnte ich ihren Schmerz nachempfinden, wenn sie an unser Ende dachte. Das „Immer" war zu einem „Niemals" geworden.

Auch die Tage in der Klinik waren andere als zuvor. Bei meinem Auszug aus der weißen Leere hin zu dem gemeinsamen Haus am See war ich überzeugt gewesen, die langen, monotonen Gänge hinter mir gelassen zu haben. Als ich zurückkehrte, war der Schock beim Anblick meiner Mitinsassen, die allesamt brabbelnd, schreiend oder still vor sich hin brütend im Gemeinschaftsraum fristeten, um so größer. Auch meine Einstellung gegenüber der Klinik selbst hatte eine Kehrtwende gemacht, sodass ich nicht mehr freiwillig dort verbleiben wollte und auch keine Anfälle mehr vortäuschte, die meinen Aufenthalt verlängert hätten. Ich sah einfach still zu, wie ich mich selbst im formlosen Alltag verlor. Stück für Stück ging ich unter in den zahlreichen Therapiestunden, während derer ich derselben jungen Psychiaterin gegenübersaß, die ich einst so gewieft zu durchschauen versucht hatte. Sie fragte mich unzählige Dinge über Linda und schlug mir damit tiefe Keile in die Brust, da sie mir meinen Verlust nur noch immanenter vor Augen führte. Trotz bemüht kurzer Antworten wurde ich in längst vergangene Zeiten zurückversetzt, glückliche Zeiten, in denen ich Seite an Seite mit Linda ein Buch las, sie an die Veranda angelehnt, ich vor ihr im Gras sitzend. Jede Erinnerung an unsere gemeinsame Zeit war sonnengeküsst, golden, glücklich und führte mir meinen Verlust damit umso eindeutiger vor Augen. Ich vermisste jede ihrer Bewegungen, ihr lebensfrohes Lachen, die glänzenden Augen und die Art, wie sie sprach, sanft, aber wortstark, fast poetisch. Öfters hatte ich versucht, ihre Worte auf Papier festzuhalten, während sie redete, doch sie hatte es immer bemerkt und beleidigt abgebrochen. Sie besaß einen wunderschönen Sprachrhythmus und benutzte veraltete Worte, die jedoch stets auf die gegebene Situation zugeschnitten zu sein schienen. Was würde ich ohne ihre gebogenen Lippen tun, ohne ihre aufmunternden Worte? Ich konnte mir nicht einmal vorstellen, ihr nicht jeden Abend „Gute Nacht" zuflüstern zu können, doch auch von diesem Ritual musste ich Abschied nehmen. Genauso wie von unserem kerzendurchströmten Zimmer, erfüllt von Lavendelduft, den nächtelangen Gesprächen und ihrem engelsgleichen Schlaf, den ich so liebte. Ganze Tage vergingen, die von einer gestaltlosen Leere gezeichnet waren, von einem undurchdringlichen Schwarz, das zu ergründen ich weder Wille noch Kraft aufbringen konnte. Die meiste Zeit verbrachte ich im Bett, auf die Decke starrend, ohne diese tatsächlich wahrzunehmen, umgeben von einer undurchdringlichen Dunkelheit, die meine bleiernen Augenlieder nach unten zog. Schummrig war die Welt um mich herum, sie schonte sich vor mir, gab sich ruhiger als gewohnt, nur um Sekunden später die sanfte Nebeldecke von sich zu werfen und ihre versteckten Farben preiszugeben, die sich in altbekannter Art aufteilten, ihren Anspruch auf allzu viele Flächen zu erheben. Mein seliges Schwarz hatte sich auf einige wenige glückliche Orte zurückgezogen, konnte kaum noch einen Anspruch auf die Welt erheben. Das Sehen, Hören und die Verarbeitung meiner Umwelt nahm nahezu meinen gesamten Geist ein, drängte meine Person zurück in das zerkratzte Innenleben meines Körpers. Eines ließ mich aber doch nicht los, zerfraß mich innerlich. Es war ein altbekanntes Gefühl, welches ich lange verloren geglaubt hatte. Die Einsamkeit, mein Alleine-Daliegen, die Tatsache, dass beim verzweifelten Ausfahren meines verrenkten Armes nur ein Bettlaken Widerstand leisten würde, legte mir zu. Die Kälte neben mir schien in mein Inneres vorzustoßen, breitete sich aus, erfüllte Magen und Brust zugleich und ließ mich unter den dicken Federdecken stets noch frieren. Doch die Einsamkeit war nicht alles. Da war noch etwas anderes, das sich dicht unter der Oberfläche befand und von dem ich mir nicht sicher war, es einfangen zu können, bevor es tiefer zu Boden sank. Je stärker ich mich zusammenfasste, je verzweifelter ich nach einem Weg suchte, desto weiter entzog sich mir mein eigener Gedanke, bis schließlich nur noch das Gefühl der Hilflosigkeit gegenüber dem eigenen Vergessen blieb. Das Ringen nach meinem Gedächtnis war der Aussichtsloseste aller Kämpfe gegen mich selbst, kostete mich unbändige Kraft und eiserne Disziplin – Eigenschaften, die mir noch nie geschenkt gewesen waren. Die Gewissheit, etwas Essenzielles vergessen zu haben, übermannte mich, ließ mich erstarren. Plötzlich war es nicht mehr Ich selbst in jenem Moment, sondern auch Ich in der vergangenen Zeit, der sich an Vergessenem zerbrach, an Übersehenem unterging. In der Schwärze nahmen meine Sinne Gestalt an, die mich umgebenden Stoffe wurden ertastbar und Laute formten sich. Es war nicht mein Zimmer, in dem ich mich wieder fand, sondern das eines anderen und doch lag ich in seinem Bett, wissend, dass es ihn nicht stören könnte. Der Raum war weiß, nur weiß in weiß, Konturen gab es keine, alles Schwarz schien sich aufgelöst zu haben. Das Bett neben mir war leer, bis auf einen großen roten Fleck, der das Bettlaken besetzt hielt. Einsamkeit übermannte mich, ich war alleine in einer gänzlich verlassenen Welt, wusste mich nicht zu retten vor der eindrängenden Bedeutungslosigkeit des leeren Raumes. Das leere Bett an meiner Seite stand gegen mich, war ein Zeuge in dem aussichtslosen Prozess gegen mich. Schon im Vorhinein verurteilt, legte sich die Schuld noch vor jeglichen Zeugenaussagen wie ein Schwergewicht auf meine Schultern. Die Leere als Tatsache, der rote Fleck als Beweis, die Stille als Geschworene, saß ich im Vorhof des letzten Gerichtes. Erst da wurde mir bewusst, dass der Raum voller schwerer Worte vor mir lag. Sie geisterten umher, wollten eingefangen werden, schrieen laut nach Beachtung. Meine Ohren erwiesen sich mir gütig und fingen die schwebenden Freilinge ein. „Nicht Singular", ertönte es da, „Parallel", schrie es mir auf der anderen Hälfte zu. Verzweifelt versuchte ich jedes Geräusch von meinen schmerzenden Ohren fernzuhalten, indem ich die Hände so stark gegen meine Ohrmuscheln presste, dass diese zu schmerzen begannen und rot anliefen. Doch dies stand in keinem Vergleich zu dem Leid, durch das ich nach all den Jahren immer noch durchgehen musste. Mein geliebter Mitbruder, mein Leidensgenosse, mein Partner, der so lange geschwiegen hatte, war gemeinsam mit mir in die weißen Hallen der Klinik zurückgekehrt. Mit Linda gemeinsam war der Schmerz abgeflaut, die Schuld vergessen und der rote Fleck auf dem weißen Leintuch langsam verschwunden, doch nun, da sie nicht mehr mit mir war, kehrte all dies zurück, als wäre es gestern geschehen. Es war eine Mischung aus Trauer um einen geliebten Menschen, die ich all die Jahre unterdrückt hatte, um mehr Platz für Linda zu schaffen und einer schweren, allumfassenden

Schuld, die nur von dem zerfressenden Unwissen in den Schatten gestellt wurde. Hätte ich etwas tun, etwas verhindern können, oder war es ein aussichtsloser Kampf gewesen?

Zunächst der G'scherte. Die Lider wurden schwer, wollten sich der dunklen Welt meiner eigenen Realität hingeben, sich der weißen Lüge entziehen. Doch es schien die ganze Welt in helles, klares Weiß eingetaucht, einzig ich war ein Aussetziger, der an der Reinheit der Realität zu zerbrechen drohte. Dann Linda. Jeglicher Versuch, meine Sinne an die Außenwelt anzupassen, die mir immer noch gänzlich fremd war, scheiterten. Aller Kräfte entraubt, ließ ich meinen erschwerten Körper auf mein Nachtlager hinabfallen, auf dem ich in ruhigere Sphären entglitt.

V

Einsam lag ich in meinem Klinikzimmer, festgebunden an Stahlstreben, einen übel riechenden Stofffetzen im Mund. Ich musste etwas Schwerwiegendes begangen haben, da die Anwendung derartiger Therapieoptionen mit der Berufung auf Grundrechte, die uns Insassen doch längst schon genommen worden waren, normalerweise ausgelassen wurden. Wenn ich auch schon öfters mithilfe von alten Lumpen meiner Bewegungsfreiheit beraubt worden war, so war mir doch noch nie eine Knebelung untergekommen. Tatsächlich hatte ich mich der Annahme hingegeben, derartige Vorgehensweisen seien mittlerweile untersagt, worin ich mich jedoch anscheinend geirrt hatte. Der Stofffetzen in meinem Mund machte mir das Atmen schwer, sodass ich mich schließlich mit aller Kraft auf das stetige Ein-und-Aus konzentrieren musste. Ein allzu kleiner Luftstrom bahnte sich den Weg durch meine Nasenflügel, drohte schon vor den Augen abzubrechen und glitt zurück in die Außenwelt, ohne mir jeglichen Dienst zu erweisen. Allmählich wurde ich unruhig, versuchte immer kräftiger, Sauerstoff in meine Lungen zu pumpen, doch der Weg dorthin schien allzu weit. Die Welt begann vor meinen Augen zu flimmern und unkontrolliert hin und her zu zucken, ganz so, als befände ich mich auf einem sinkenden Schiff. Die Brust hob sich schließlich nur noch unter höchster Anstrengung, alles war nur noch auf das Ein und Aus gerichtet, während um mich herum die Welt ergraute, mein Körper ergraute und mein Geist. Schließlich riss eine zarte Hand im allerletzten Moment den Fetzen aus meinem Mund, erlöste mich von dem Brennen und schob mir herrlichen Sauerstoff in die Brust. Sie nahm unter meinem Stöhnen auch die anderen Lumpen von mir, befreite nacheinander meine Arme, die Beine und den Rumpf. Ihre Berührungen fügten mir ein leichtes Stechen an den Stellen zu, an denen sie die Stränge losband, es stand jedoch in keinem Vergleich zu dem soeben erfahrenen Leid. Sie kam einige Schritte näher, sah mir tief in die Augen, ich in die ihrigen. Unter meinem Blick verschwamm der ihrige, sanfte Tränen standen in ihren tiefen Augen, füllten sie mit klarer Helligkeit. Das Wasser stand ihr bis zum äußersten Rand, drohte überzugehen, sie unter sich zu begraben, während sie, zu einer Salzsäure erstarrt, meinem Blick standhielt. Flehenden Blickes betete ich sie wortlos an, ihrer Trauer keine Endgültigkeit zu verleihen, die Tränen nicht überhand gewinnen zu lassen. Sie kämpfte, wie ich es noch nie bei ihr erlebt hatte. Sie war niemals ein Mensch gewesen, der zu kämpfen gehabt hatte, das Leben war für sie kein Kampf, es stellte stets das Übermaß an Freude und Güte dar. Sie derart überwältigt von dem ersten Schmerzensmoment zu sehen, im Kampf mit ihrem Inneren, erregte mich in meiner verschlossenen, egoistischen Welt und öffnete mir den Geist gegenüber den Emotionen anderer. Ich starrte sie an, still und mit einem Anflug von Hilflosigkeit ob der aussichtslosen Situation, dass ich sie zu trösten hatte, was in den langen Jahren unserer Bekanntschaft noch nie der Fall gewesen war. Eine beinahe vernachlässigbar kleine Träne bahnte sich den Weg ihr trauerndes Gesicht herab, zog tiefe Risse in die glatte Oberfläche. Mir kam es vor wie die prophezeite Sintflut, Linda stand noch am Ufer, mich hatte es vor langer Zeit schon den reißenden Strom hinuntergetrieben, mein Körper lag am Grund der Wasserfluten. Linda ließ ihren dunklen Augen eine weitere Träne entschlüpfen, womit sie sich an den äußersten Rand der Urflut stellte, in der Gefahr zu fallen und mir am Grunde des Wassers traurige Gesellschaft zu leisten. Doch so weit sollte es nicht kommen. Sie brach den Blickkontakt ab, schloss ihre Lider unter schmerzverzogenem Gesicht, ließ einen letzten Trauermoment zu und strahlte schließlich die Lebensweisheit aus, die ich von ihr gewohnt war.

An jenem Tag packte sie meine Sachen. Nach vier langen Jahren verließ ich also abermals gemeinsam mit Linda die Klinik, wenn auch unter gänzlich anderen Umständen als zuvor. An jenem Tag überkam mich die Erinnerung an damals…Ich verließ die weißen Hallen als ein glücklicher Mensch still neben Linda einherschreitend, mit dem Anflug eines Lächelns im fahlen, sonnenvergessenen Gesicht. Sie selbst sprühte vor erwartender Freude, was sich nicht nur durch ihre strahlenden Augen, sondern auch aufgrund der Tatsache, dass sie leise eine Sommermelodie vor sich hinsang, bemerkbar machte. Ich fühlte mich, als läge mir die Welt zu Füßen, als könnte ich sie aufheben und ganz nach meinem Belieben formen. Ich besaß, was ich mir nicht einmal in meinen kühnsten Träumen auszumalen gewagt hatte: Ich hatte Linda, eine Person, die ich beim besten Willen nicht verdiente, der ich alles zu verdanken hatte und die sich im Gegenzug nichts erwartete. Als ich damals die Klinik verlassen durfte, war das erste, was ich machte, zu laufen, loszurennen, als gäbe es kein Morgen. Meine Beine begannen schnell zu schmerzen nach den vielen Jahren, in denen sich der Körperkult hatte hinten anstellen müssen. In der Klinik war jegliche Stärkung der Physis aus Sicherheitszwecken untersagt, worüber ich sehr froh war, nachdem ich gesehen hatte, wozu Menschen in einem aggressiven Zustand fähig waren. Umso mehr Freude bereitete es mir, jegliche Vorsicht hinter mir zu lassen und einfach zu laufen, dem rhythmische Ein und Aus meiner Atmung zuzuhören und den Schmerzen in meinen Beinen freien Lauf zu lassen. Es waren gute Schmerzen, welche von der Sorte, die einen daran erinnern, dass das Leben voller aufregender Gefahren ist, die man nur mit einer ordentlichen Portion Ausdauer überwinden kann. Wir zogen sofort in unser gemeinsames Haus am See. Ohne mich darüber in Kenntnis zu setzen, hatte Linda alle Verträge unterzeichnet und wochenlang das Haus renoviert, sodass es vollständig eingerichtet war, als ich es das erste Mal betrat. Der Moment, als ich erstmals die Türschwelle zu unserer gemeinsamen Zukunft übertrat, war einzigartig, zweifelsfrei das Beste, was mir in meinem Leben passiert war. Ein kribbelndes, heißes Gefühl arbeitete sich von meiner Magengrube über die Brustgegend, in der mein Herz heftig auf und ab sprang, bis hin zu meinem Gesicht, auf das es ein seliges Lächeln zeichnete und meine Augen mit Freudentränen erfüllte. Zu dem Zeitpunkt konnte ich mir nicht vorstellen, dass ich jemals wieder zu meinen dunklen Gedanken zurückkehren oder meiner Sensibilität zum Opfer fallen würde.

Doch ein einzelnes Ereignis vermag nicht, einen Menschen zu wandeln. So erfüllt von Glücksgefühlen die ersten Monate des Beisammenseins mit Linda auch sein mochten, sie nahmen ein Ende, wie alles auf diesem instabilen Planeten. Mit der Zeit kehrte Normalität in unser Leben ein, die Phase der rosaroten Brille zog vorüber und wurde, wie so oft, von meinem Schatten überdeckt. Episoden der manischen Erregung, des nächtelangen Umherirrens, der ausufernden Phantasmen wurden nur von Tagen der bodenlosen Schwärze übertroffen, in denen ich unter unserer Decke im Bett lag, die Hände auf die Ohren gepresst, um den unsäglichen Lärm auszulöschen, die Augen zugedrückt, um der Farbvielfalt unter der Decke ein Ende zu bereiten. In den wenigen klaren Momenten, die mir blieben, fiel mir die tiefe Verzweiflung Lindas auf, die sichtlich unter dem Umstand litt, dass sie mir mit keinen Worten der Welt, mit keiner Geste ihrer zarten Arme zur Hilfe kommen konnte. Wissend, dass ein Annäherungsversuch mich nur in eine neuerliche Schockstarre versetzten würde, versuchte sie dennoch mir aus der Ferne gut zuzureden. Stundenlang lag ich, abhängig von der Gewichtigkeit meines Zustandes, im Bett, auf der Couch oder auf der Veranda, während Linda hilflos neben mir kauerte, die Hände unruhig im Schoß knetend. Sie hielt meine Episoden des Wahnsinns aus, stand still neben mir und wirkte so auf mich; sogar am Schlimmsten aller gemeinsamen Tage. An jenem war ich in einer panischen Angst aufgewacht, spürte einen eisernen Griff um meinen Rachen, der sich immer fester zog, sodass ich brüllte wie am Spieß. Gurgelnde Worte stießen aus mir hervor und meine Arme versuchten, rudernd gegen die unsichtbaren Angreifer anzukommen. Ich ergriff die Lampe, die sich auf meinem Nachttisch befand und wollte die Schattengestalt damit erschlagen, doch sobald ich auf sie zielte, hatten sie sich schon auf meiner anderen Seite manifestiert. Um mich schlagend drehte ich mich auf meine Seite, nur um dasselbe Szenario zu erfahren. Heiße Wut arbeitete sich in mir hoch, nur noch schwarz sehend schlug ich ziellos mit der Lampe um mich, bis sie an dem Bettkopf aus Holz zerschellte und mir an mehreren Stellen tief in den Kopf schnitt. Ich bemerkte es gar nicht, so sehr erfüllte mich mein alles durchdringender Zorn, in dem ich durchs Zimmer lief und alles um mich herum umstieß. Bücher, Stühle, sogar Tische schmiss ich durch die Gegend, um gegen alle anzukommen, die mir Böses wollten, die mich umstellten, mich beiseiteschaffen wollten. Doch es half nichts, sie kamen immer näher, die Schattengestalten, die mir die Sicht auf die Welt nahmen, sodass ich mich gezwungen sah, vor ihnen wegzulaufen, zu rennen und um Hilfe zu schreien. Also durchquerte ich schnellen Schrittes das dunkle Zimmer, lief den Gang entlang, die Treppe hinunter, nichts ging mir schnell genug, da meine Angreifer direkt hinter mir herliefen. Sie waren nur einen

Schritt von mir entfernt, einen Meter nur, dann einen halben, sie würden mich einholen und mich schlagen, bis ich am Boden lag, bis sie mich leblos in ihre Schattenwelt ziehen konnten. Immer zwei Stufen auf einmal nehmend, stolperte ich die Treppe hinunter ins Wohnzimmer und konnte mich nur gerade noch vor einem schmerzhaften Sturz in die Glasvitrine retten, in der all unsere ungeöffneten Weinflaschen standen. Sie würden mich einholen, dieser eine Moment reichte aus, um ihren Abstand zu Nichte zu machen, gleich würde es passieren. Schon holte mich die Schwärze ein, schon legte sich die Eisenhand wieder auf meine Kehle, versperrte mir der schwarze Körper die Sicht. Ich trat um mich, zappelte und zerrte und schlug und schrie, doch nichts half, sie hatten mich in ihrem Griff. In einem letzten wachen Moment trat ich mit aller Wucht gegen den Fuß der Glasvitrine, die sich zeitlupenartig neigte, sodass ich die vielen Flaschen beobachten konnte, wie sie unter einem klirrenden Geräusch zur Seite rutschten. Sie fiel und fiel und hörte nicht auf sich zu neigen, bis mich ein lautes Aufschlagen, das Geräusch von zerbrechendem Glas und ein Stöhnen befreiten. Es war als würde ich aus einem Alptraum aufwachen: Dunkel erinnerte ich mich an das Geschehene, doch es gab weder kausale noch temporale Zusammenhänge und einige Passagen waren ganz in Schwärze getaucht. Schlagartig hatte mich die Angst verlassen und meine Sicht war klarer denn je, sodass ich nun wahrnahm, was um mich herum geschehen war. Glasscherben verteilten sich das Morgenlicht widerspiegelnd überall im Raum, die umgefallene Vitrine lag zertrümmert am Boden, einige Holzstreben stachen spitz aus dem unförmigen Haufen und alles war übergossen mit blutrotem Wein. Erst zuletzt sah ich sie.

Unter den Trümmern der Vitrine und übergossen mit einer Mischung aus Blut und Rotwein lag Linda, bewusstlos und mit tiefen Schnitten überall am Körper.

Sie hatte mir niemals einen Vorwurf gemacht. Nachdem ich sie zu dem Hausarzt im Dorf getragen hatte – fast eine Stunde war ich mit ihrem zerschundenen, blutverschmierten Körper durch die Landschaft gelaufen – war sie von Doktor Blocht an mehreren Stellen genäht worden, hatte eine Rundumuntersuchung bekommen und war schließlich von Frau Blocht in ein Bettgestell im Wohnzimmer gelegt worden, das im Grunde genommen aus einer Holzkiste, einer Matratze und einigen Decken bestand. Sie verbrachte die Nacht dort und auch ich durfte gütigerweise am Küchenstuhl verbleiben und Wache halten, jedoch nicht ohne die strenge Aufsicht des Doktors. Stundenlang saßen wir beide also unter fahlem Kerzenschein am hölzernen Küchentisch und lauschten nur den schwachen Atemzügen aus Lindas Verschlag in der Ecke. Bis auf einige Höflichkeitsfloskeln verloren wir beide kein Wort, wofür ich ihm zu ewigem Dank verpflichtet war. Warum er mich nicht darüber ausfragte, was vorgefallen war, damit meine Frau bewusstlos und blutüberströmt von unserem weit entfernten Haus zu ihm getragen werden musste, begriff ich nie, doch es schien ein stiller Pakt zwischen uns zu herrschen: Ich fragte nicht, warum seine Frau von blauen Flecken übersät war, dafür schwieg er bezüglich der Ursachen der tiefen Schnitte der meinigen, die zu verarzten ihn über zwei Stunden gekostet hatten. Am nächsten Tag gingen Linda und ich still neben einander her, zum Haus am See zurück. Sie verlor kein Wort über den Vorfall und ich wagte nicht, die Stimme zu erheben. An jenem Tag verstärkte sich das Gefühl, das ich seit dem Tod des G'scherten mit mir herumschleppte, das sich wie eine Schwerlast auf meine Schultern gelegt hatte, das sich in meinem Magen niederschlug und mich an manchen Tagen tief hinab in eine Welt zog, die von undurchdringlichem Schwarz gekennzeichnet war. Irgendwann jedoch lernte ich mit dem Frosch im Hals, mit den kreisenden Gedanken und den Magenschmerzen leben und unser Beisammensein setzte sich fort wie zuvor. Der Vorfall hatte sich erledigt – für Linda zumindest. Ich selbst vergrub mich abermals in meinen Gefühlen, die ich diesmal jedoch besser verbergen, besser wegstecken konnte. Wir hatten es also auch durch diesen Engpass geschafft und nachdem meine dunkle Phase, meine Episoden und Depressionen zumindest für eine Zeit lang vorüber waren, glaubten wir, alles gemeinsam durchstehen zu können. Doch dies sollte sich als Irrtum herausstellen.

Diesmal gestaltete sich das Verlassen der Klinik anders. Nachdem Linda wortlos meine Sachen zusammengepackt hatte, verließen wir beide schweigend das weiße Zimmer und schritten die weißen Gänge entlang, an deren Ende sich mir schließlich die Tür zu einer grellbunten Farbwelt eröffnete, die ich geglaubt hatte, für immer verlassen zu haben. Es fühlte sich ganz anders an, als das letzte Mal. Anstatt vor Lebensfreude laufen zu wollen, bis mir die Glieder schmerzten, war mir danach, auf allen Vieren wieder in mein ruhiges Klinikzimmer zurückzukriechen und für immer dort unter der Decke zu verweilen. Doch ich bündelte all meine Willenskraft und folgte Linda, die bestimmten Schrittes durch das Labyrinth aus Gassen, Plätzen und

Parks voranging. Mich drückte die Wucht der schrillen, viel zu grellen Welt in die Knie, sodass ich Schwierigkeiten hatte, mit ihr mitzuhalten, bis ich schließlich derart am Ende meiner Kräfte war, dass ich nur noch das hellblaue Leibchen von Linda wahrnahm, das mir den Weg leitete. Ich wusste nicht, wie lange wir durch die Stadt gelaufen waren und konnte es beim besten Willen nicht abschätzen – was mir wie eine Ewigkeit vorkam, stellte sich gewohnheitsmäßig als kurzer Zeitabschnitt heraus. Ich hatte noch nie ein gutes Gefühl für Zeit gehabt, es war mir stets ein Rätsel gewesen, weshalb die von Geisterhand betriebene innere Uhr, die manchen Menschen scheinbar geschenkt war, ohne Ablass ticken konnte, punktgenau bis zum Sonnenaufgang, wo diese sie sanft aus ihrem Schlaf rüttelte. Die Zeit war das größte Mysterium für mich, sie schien sich nach den aberwitzigsten Kriterien biegen und winden zu können, sodass eine Stunde entweder kriechend langsam oder aber im Laufschritt verging. Dieses spezielle Mal, als ich Linda hinterher durch die Stadt eilte, kam mir vor, als würden sich die winzigen Rädchen der Uhr in ineinander verkeilen und die Zeit anhalten, nur um sich Sekunden später umso schneller zu drehen. Der Weg war rückblickend ein Fleckenteppich aus Momenten, die unendlich lange andauerten, durchbrochen nur von Sequenzen, an die ich mich aufgrund ihrer Kurzlebigkeit nicht erinnern konnte. Doch schließlich kamen wir an. Die kleine Wohnung, ein wenig abgelegen vom Stadtkern, die zum Bersten voll war mit Büchern, beschrie-benen Notizblöcken und fliegenden Zetteln war mir gänzlich unbekannt. Sie spiegelte als Gesamtbild Linda, die in ihrer Liebe für alles Schöne der Welt ihr Umfeld stets erleuchten ließ.

Sie war immer schon begeistert an die Arbeit geschritten, wobei sie ihre Tätigkeit niemals als solche, sondern als Leidenschaft bezeichnet hätte. Sie gab sich ganz der Kunst hin, der Literatur, der Poesie, der Musik, hatte sie sich doch auf eine Art ästhetische Suche begeben. Ihre Wohnung spiegelte dieses leidenschaftliche Suchen nach der perfekten Beschreibung des Lebens wider. Ihr bewusst angelegtes Chaos an Skripten wurde von Stellagen, zum Zerbersten vollgestopft mit Büchern unterbrochen und endete vor einer gemütlichen Sitzecke vor der weit geöffneten Balkontür, durch die man wild wuchernde Pflanzen beobachten konnte. Von grellen Farben bespritzte Leinwände hingen an den Wänden, zweifelsfrei ihre eigenen Werke. Von irgendwoher erklang klassische Musik, ein Cello Quartett – so oft Linda es mir auch vorgespielt haben mochte, ich konnte mich beim besten Willen nicht an den Namen des Konzertes erinnern. Das hellblaue Leibchen immer noch als Wegweiser dienend, folgte ich ihr einen Gang entlang, der bis auf einige Lichtflecken von hoch angelegten Fenstern im Dunkeln lag. Schließlich bog sie links ab und öffnete eine schwere Holztür. Sie ging durch das Zimmer zum Schrank und zog eine Decke und Bettlaken daraus hervor, bevor sie begann, das Bett zu überziehen. Ich sah ihr von der Tür aus bei ihren feinen Bewegungen zu, die auf mir so vertraute Art das weiße Leintuch über die Matratze zogen. Als sie fertig war, verließ sie schweigend das Zimmer und zog die Tür hinter sich zu. Mich an die Ratschläge meiner Therapeutin erinnernd, schloss ich für einige Minuten die Augen und ließ den Atem bewusst durch meinen Körper strömen. Dann begann ich meine Umgebung zu erkunden, die mir so fremd war. Das Zimmer war selbst unter hellgelben Wänden stets noch dunkel im Vergleich zu meinem Klinikzimmer, dafür aber ebenso spartanisch eingerichtet, was mich mit Erleichterung erfüllte. Bett, Schrank, ein Schreibtisch, der kaum der Rede wert war, auf dem sich eine verrostete Schreibmaschine befand und ein verlorener Stuhl am Fenster, ein Buch auf der Sitzfläche. Vollgestellte Zimmer hatten immer etwas Einschränkendes an sich, etwas Abgeschlossenes, dem man sich unterzuordnen hatte. In einem unpersönlich eingerichteten Raum fiel es mir leichter, meine Gedanken zu sortieren und so war ich Linda dankbar für die klaren Grenzen der einzelnen Möbelstücke, denen jeweils ein präziser Zweck zufiel. Nachdem ich jede Ecke des Zimmers genau abgesucht und mir detailgetreu eingeprägt hatte, ging ich einige lange Schritte zum Fenster und versuchte es zu öffnen, nur um festzustellen, dass die beiden Griffe mit einem dürftigen Klebeband aneinandergebunden worden waren, um genau dies zu verhindern. Also ließ ich mich auf den Stuhl fallen und nahm das Buch in meine zittrigen Hände. Ein kleiner Zettel fiel dabei heraus, ich hob ihn auf und begann zu lesen.

Der zurückgezogene Mensch verleugnet sich selbst. Er erstickt seine Person in der Stille, verschweigt sich selbst und lebt am äußersten Rande des Lebens. Seinen Namen verliert er dann, wenn er den von anderen vergisst. Mit der Zeit lernt er die Stille kennen, wird von ihr abhängig wie von einer Droge. Er gewöhnt sich schließlich an sie, sodass sie ihm Lärm wird. An diesem Punkt ist ihm nicht mehr zu helfen, er ist der Welt verloren und sehnt sich, dieser zu entfliehen. Es ist wichtig, im Umgang mit ihm jegliche Laute sowie Reden auf ein Minimum zu reduzieren, seine Ohren haben sich an einen Pegel nahe dem Nullpunkt gewöhnt, höhere Töne reizen ihn stark. Weiters ist ein übergroßer Körperabstand einzuhalten, mindestens das Doppelte der gewohnten Länge, da er die Anwesenheit anderer als Störung wahrnimmt und Nähe ihm starke Schmerzen zufügen kann. In manchen Fällen ziehen sich die Betroffenen in eine eintönige Umgebung zurück. Dabei kann es vorkommen, dass die Augen nach längerer Zeit größere Farbskalen nicht mehr ertragen können, weshalb die Aussetzung in eine andere Umgebung unmöglich erscheint. In Fällen äußersten Notstand-es sollte man ihn an einen abgeschlossenen und möglichst hellen Ort bringen, um eine totale Erblindung zu vermeiden.

Ich langweilte mich, verstand die Bedeutung des Textes nicht und legte ihn also auf den kleinen Schreibtisch neben mir. Dann schlug ich das Buch auf einer beliebigen Seite auf und begann zu lesen.

Ich rufe ihn jetzt alle zwei Tage an. Sein Zustand hat sich stark verschlimmert, seitdem er zurück in der Klinik ist. Ich besuche ihn jede Woche und versuche, mit ihm zu sprechen, aber er entrinnt mir selbst in den wenigen klaren Momenten, hebt ab in Sphären, die mir vollkommen verschlossen bleiben. Er redet viel, wenn er abwesend ist, manchmal beginnt er sogar zu weinen. Wenn er für einen Moment nur wirklich hier ist, ist er vollkommen Kind, kann nicht sprechen und starrt verstummt ins Nichts. Weil ich mir sehr unsicher war, ob ich ihn wirklich derart oft besuchen soll, nach all dem Leid, das er mit mir verbindet und nach allem, was ich ihm angetan habe, bin ich zu seiner Therapeutin gegangen. Sie hat mir gut zugeredet, gesagt, es sei nicht meine Schuld und dass sie meine Entscheidung nachvollziehen könne. Es könne trotzdem nur hilfreich sein, wenn ich ihn besuche, weil er ohnehin so einsam sei. Aber für mich ist es auch nicht einfach, zu sehen, wie er langsam immer weiter wegdriftet, viel schlimmer noch als in den ersten Monaten am See. Ihm entgleitet der Griff dieser Welt langsam, er lässt alles hinter sich, ist völlig abwesend. Ich habe auch darüber mit der jungen Therapeutin geredet, woraufhin sie mir ein Blatt Papier mit einer Krankheitsbeschreibung in die Hand gedrückt hat. Ich weiß nicht, wie mir damit geholfen sein mag, aber ich habe mich überschwänglich bedankt. man weiß ja nie. Meiner Meinung nach, bringt eine spezifische Prognose nichts, er ist, wie er ist, wer er ist. Ich kann nur hoffen, dass er sich eines Tages damit abfindet, dann tut er sich wenigstens nicht mehr selbst weh.

PS: Neulich ist etwas Wunderliches passiert, er hat etwas geschrieben. Es sind nur einige Zeilen und nur wirr aneinander gewürfelte Wörter, aber es gibt mir Hoffnung, zu sehen, dass er macht, was er liebt. Oder zumindest geliebt hat. Manchmal denke ich, sie haben ihn zu hoch dosiert. Es ist nicht er, der in meine Augen schaut, es ist ein anderer, der glasig leer ins Schwarze starrt. Doch in diesen flüchtigen Zeilen ist es ganz er.

Kinderlachen,
Klatschen, Rufe
verhallen still
erlöschen das Licht.

Dunkle Nacht
einsam und klar,

Sternenschein
malt Muster
auf glatten Stein.

Lange Schatten
zeichnen Welten
der Einsamkeit
in dunkle Herzen.

Ich kannte den Text auswendig, sprach ihn laut mit, lebte ihn. Er erregte mich, durchs Zimmer laufend wiederholte ich ihn wieder und immer wieder, schrie ihn gegen die Wände, auf dass sie zurückschrieen. Ich öffnete den Schrank, jede Schublade und legte die Worte hinein, damit sie dort blieben, wollte sie hinausbrüllen in die Welt, doch das Fenster verschloss sich gegen mich. Die Worte deckten schließlich das ganze Zimmer ein, eines nach dem anderen nahmen sie mir die Luft, erfüllten meine Lungen, drohten sie zu zerbersten. Dicker Äther festigte den Raum, durchfloss die Luft, presste sie in die Ritzen und Ecken, um sie schließlich gänzlich zu vernichten. Ich durchschritt den Raum, entließ immer noch mehr Worte, immer mehr, nicht ahnend, dass sie der Quell der festen Masse waren, die den Raum immer enger zusammenpresste. Nach Luft ringend glitten mir doch immer mehr aus dem Mund, unaufhaltsam der Zerstörung gewidmet. Je mehr sie wurden, desto weniger wurde ich. Mit jedem Laut, der meine Lippen verließ, wurde meine Person kleiner, reduzierte sich in dem sich-einengenden Raum der lautlosen Buchstaben, bis ich mich verloren hatte.

Dann lagen die schweren Scherben vor meinen Füßen. Genauer ausgedrückt lag ich schwer vor den Scherben bei meinen Füßen. In Wahrheit aber lagen meine Scherben vor den Füßen eines zerbrochenen Fensters. Und neben einem Buch, das mir allzu unangenehm bekannt vorkam. So fand Linda mich. Am Boden liegend, den Körper verrenkt vor dem zerbrochenen Fenster, das Hemd in rote Farbe getunkt. Lächelnd. Sie warf mir einen tief traurigen Blick zu, den ich von ihr nicht gewohnt war. Langsamen Schrittes näherte sie sich, blieb unentschlossen vor mir stehen. Dann begann sie still die Scherben einzusammeln, eine nach der anderen, bis nur noch die Bruchstücke meiner selbst vor dem Fenster lagen. Die Hände voller Scherben und an mehreren Stellen blutend verschwand sie eine Weile lang, um dann ebenso verzweifelten Blickes zurückzukehren. Ich lächelte. Aus meiner Position als Liegender sah ich ihr Gesicht dem meinen immer näher rücken, schließlich war sie nur einen allzu geringen Abstand von mir entfernt. Mein Lächeln verschwand, sie engte mich ein, berührte mich mit Feuerhänden, fügte mir Brandwunden zu, von denen ich schon allzu viele hatte. Sie fasste mich unter den Armen und zog mich in Richtung des Bettes. Ihr Gesicht verzog sich schmerzhaft vor dem meinigen, beide litten wir unter der Nähe. Schließlich lagen wir nebeneinander auf dem Bett, außer Atem, von einer tiefen Erschöpfung ergriffen, während unsere heißen Körper die Bettlaken erwärmten. Die Augen geschlossen leerte sich mein Geist. Ich entglitt in einen Traum.

Ich saß vor dem weit geöffneten Fenster in unserem Haus am See, die Beine entspannt überkreuzt. Die Vorhänge flogen links und rechts von mir von einer leichten Brise erfasst durch den Raum und zeichneten Schattenmuster neben mir auf den Holzboden. Ich ließ den Blick über die weiten Felder vor mir schweifen, die von einsamen, stillen Wäldern aus alten Tannen umsäumt waren. Eine seltsame Ruhe erfüllte die gesamte Szenerie. Eine Weile beobachtete ich ein Reh, das seinen Weg vom Waldrand hin zu einem Apfelbaum in der Mitte des Feldes machte, langsam, vorsichtig trabte es dahin, bedacht auf jegliches Zeichen von Gefahr. Schließlich gelangte es zu dem alten Baum umringt von reifen Äpfeln, roch an den Früchten und begann seinen Kopf zu neigen, um sich daran zu erlaben. Als ich meinen Kopf von der Landschaft abwandte und den Raum absuchte, sah ich Scherben überall auf dem Boden unter meinen Füßen. Sie waren riesig groß, hatten unterschiedlichste Formen, doch alle füllten sie den Raum bis zu meinen Knien, die blutüberströmt unter dem Glas verschränkt waren. Alles erleuchtete in den unterschiedlichsten Farben, die von den Scherben herrührten, die das Sonnenlicht tausendfach brachen und in alle Farben des Regenbogens aufspalteten. Die Wände waren bedeckt von blauen, gelben und roten Farbflecken, die sich überlagerten und neue Muster bildeten. Der Raum hatte eine seltsame Ausstrahlung, er schien sich nicht nur unter dem einfallenden Licht zu erhellen, sondern einen Glanz von sich aus zu haben. Ich streckte meine Hand nach einer der geheimnisvollen Scherben aus, wollte den Glanz, der von ihr ausging, verstehen lernen. Eine lange Zeit schwebte meine erhobene Hand über dem Scherbenteppich, während ich die Spiegelungen auf ihr beobachtete. Ein strahlendes Mosaik zeichnete sich auf ihr ab. Schließlich senkte ich meine Hand, um ein eckiges

Glasstück aufzuheben, doch in dem Moment, als ich es berührte, erfasste ein stechender Schmerz mein Inneres, ein Blitz durchlief mich, elektrisierte jeden Zentimeter, spaltete meinen Körper entzwei und ließ die beiden Hälften unverbunden in dem hellen Raum zurück. Auf meiner Hand, eben noch von den buntesten Farben durchzogen, zeichneten sich tiefrote Linien ab, die sich entlang der Kerben meiner Adern hinab auf den Boden arbeiteten. Wie ein Wasserfall aus roter Farbe floss ein Strom aus meinem ausgestreckten Arm, der auf den Glasscherben aufprallte, sich verteilte und in der Landschaft aus Glassplittern versickerte. Ein letzter Blick aus dem Fenster eröffnete mir einen Anblick auf das Reh, welches nun direkt vor dem Fenster stand und mir einen enttäuschten, schmerzerfüllten Blick aus seinen menschlichen Augen zuwarf.

Ich blickte auf. Noch immer befand ich mich in demselben, bescheiden eingerichteten Zimmer am Boden vor dem zersplitterten Fenster. Von draußen kamen leise Verkehrslaute, eine Hupe, ein schreiendes Kind, die Straßenbahn. Bei der hereingeflogenen Melodie eines Akkordeons musste ich lächeln. Dann erblickte ich Linda, wie sie neben dem Bett auf dem Boden kniete und spürte ihre Hand in der meinigen. Wasser stand in ihren Augen, sie versuchte es zurückzuhalten. Sie wollte einen Blickkontakt zu mir herzustellen, doch ich litt zu sehr unter ihrer Berührung, um ihr durch einen derartigen Austausch näher kommen zu können. Ich konnte ihre Verzweiflung beinahe spüren, doch die Frage nach dem Warum ihrer Berührung versperrte mir die Sicht. Bis auf das eine Mal, das erste und letzte Mal, dass wir uns berührt hatten, hatte sie nie gewagt, den Abstand zu mir zu verkürzen. Doch scheinbar hatte sie jegliches Wissen über meinen Zustand vergessen, mich von meiner bekannten Umgebung in eine neue verfrachtet, die ich nur schwer aushielt, mich zu berühren gewagt und war nun dabei, eine Intimität mit mir auszutauschen, die ich in keinster Weise nachempfinden konnte. Linda, die ausgewogene Konstante, um die ich stets gerungen hatte, kniete nun den Tränen nahe vor mir, hielt sich an mir fest, suchte nach einem Fels in der Brandung ihrer eigenen Verzweiflung. Zu dem Zeitpunkt wünschte ich mit all meiner Kraft, ich könnte ihr dieser Fels sein, ihr in die Augen schauen und gut zureden oder ihr doch zumindest still Gesellschaft zu leisten. All diese Dinge lagen außerhalb meiner Fähigkeiten, ich ertrug nicht einmal den sanften Druck ihrer Hand in der meinigen, hatte das Gefühl all meine verbleibende Lebenskraft an sie zu verlieren. Doch ich blieb entschlossen, ihr zumindest diesen Dienst zu erweisen. Dann sammelte ich alles, was ich aufbringen konnte und hob meinen Blick. Ihre glasigen Augen ergossen eine einsame Träne auf ihr zartes Gesicht, doch aus ihrem Blick las ich tief liegende Verwunderung und Stolz ab. Sie hatte es nicht von mir erwartet, hatte mich für schwächer gehalten. Ein kurzer Moment der Freude zeichnete sich ab, ihre Mundwinkel hoben sich leicht, nur um sich einen Bruchteil später wieder zu senken, sie strahlte einen Ernst aus, der von tiefer Trauer durchsetzt war. All diese Regungen machten es mir zunehmend schwer, bei Bewusstsein zu bleiben, ich merkte alle Kräfte und jegliches Vertrauen schwinden, doch ich hielt ihren Gefühlen stand. Ihre Lippen zitterten, sie wollte mir etwas mitteilen, doch die Überwindung schien sie unendliche Kraft zu kosten, ihre Augen standen tief unter salzigem Meerwasser. Ich entglitt in diesen Ozean, verlor mich darin und wollte langsam in der dunklen Masse aufgehen. Doch ihr Blick wurde fest, sie sammelte all ihre Kräfte und sprach den Satz aus, der mich in ein bodenloses Nichts verfrachten sollte. „Deine Mutter ist gestorben."

Die Welt um mich herum veränderte sich schlagartig. Jegliche Farbe, die ich stets als irritierend, gar kreischend wahrgenommen hatte, war zu einem Meer aus Kontrasten verschmolzen, das einzig auf einer Schwarz-Weiß Skala festzumachen war. Es war, als wäre mein Umfeld von einem drei in ein zweidimensionales übergegangen, jegliche Tiefe war abhandengekommen. Gegenstände zeichneten sich einzig durch ihre äußeren Ränder ab, überdeckten sich, löschten sich gegenseitig aus. Die Welt, einst lärmig und laut, hatte alle Töne, jeden Laut von sich geworfen und sich in einer immerwährenden Stille verloren. Alle Zeit war stehengeblieben, Wandel unmöglich, Bewegungen ein Relikt aus längst vergangenen Zeiten. Alles war eingefroren still, bewegungslos stumm, farblos. So saß ich auf einem zweidimensionalen Boden in einer schweigenden Welt, den Himmel auf meinem Kopf zusammengebrochen und fragte mich, wie ich in einen derartigen Stillstand gekommen war. Ich versuchte Gefühle in meinen leblosen Körper einzufüllen, doch je stärker sich mein Wille prägte, desto schwächer wurde meine Physis. In unendlicher Einsamkeit, schloss ich stumm die Augen wie im Schlaf. Hunderte Glücksmomente, tausend Trauerlieder kamen mir in den Sinn.

Mutter saß mir gegenüber am Tisch in der Küche, ihr Gesicht erleuchtet vom orangenen Abendlicht. Ich war noch sehr jung und unlängst erst in die Grundschule gekommen. Sie redete auf mich ein, sagte, keines der anderen Kinder entzöge sich dem gesprochenen Wort, meinte, es sei unzierlich, nichts auf die Fragen der Lehrerin zu erwidern. Ich ließ den Vortrag stillschweigend über mich ergehen, wie ich es all die vorausgegangenen Jahre getan hatte. Sie durchlief die gewohnten Stadien: Zunächst versuchte sie mich sachlich-argumentativ zu überzeugen; wenn das keine Früchte trug, begann sie stärkere Maßnahmen zu ergreifen, verbot mir das gemeinsame Essen, nahm mir meine Bücher weg, um dann in ein für mich schmerzhaft lautes Gekreische überzugehen, während dem sie mir drohte, mich auszusetzen. Früher hatte es weh getan, damals hatte ich mich fest dazu entschlossen, zu sprechen, doch kein Wort wollte meine Lippen verlassen. Mittlerweile war ich Mutters Drohungen gewohnt, wohl wissend, oder zumindest hoffend, dass sie sie niemals ernst nehmen würde. Schlussendlich setzte sie sich mit mir an einen Tisch und starrte mir wortlos in die Augen. Dies waren Momente, die ich zu schätzen wusste, eine der wenigen, in denen sie sich vollends auf mich konzentrierte. Sie fixierte mich mit ihren blaugrauen Augen, aus denen Verzweiflung zu lesen war, die weiter reichte als die Sorge um mich, doch ich genoss den Augenblick der ungeteilten Aufmerksamkeit vollends, schöpfte ihren sorgenvollen Blick aus und fasste neue Kräfte. Nach einer Weile stand sie wortlos auf und verließ gebeugt den Raum. Sie hatte sich Sorgen um mich gemacht. So verzweifelt sie auch gewesen sein mochte, so sehr sie sich in ihrem tiefsten Inneren für mich schämte, sie hatte sich doch Sorgen gemacht.

Eine andere Szene schob sich vor meine Augen. Ich ging über eine Wiese, den Duft der Frühlingsblumen in der Nase, die Farbenpracht des nahenden Sommers vor den Augen, den feuchten Erdboden unter meinen bloßen Füßen. Die Sonne holte den Saftigsten aller Grüntöne aus dem Laub der blühenden Bäume hervor, lockte Singvögel aus ihren Winterhäusern und verführte sie zu einem glorreichen Frühlingsanklang. Mutige Gewächse schossen aus dem Boden, entfalteten sich und führten zu einer Explosion an Farbkraft, die meine Augen zu Tränen reizten. Ein Moment unveräußerlicher Freude erfüllte mein Inneres gänzlich, ich war eins mit der Natur, nahm Duft, Farbe und Geräusche schmerzlos in mir auf. Dann begann ich zu laufen, immer schneller zu laufen. Ich rannte einer längst vergangenen Erinnerung hinterher, versuchte einen Traum einzuholen, der mir längst genommen worden war. Vor mir lief Bernd, Hand in Hand mit meiner Mutter, mein Vater lachend den beiden hinterdrein, als wollte er sie in seine Arme einschließen, alle drei lachten herzhaft. Sie jagten einander freudvoll hinterher. Auch ich lief, ich lief und rannte und verfluchte meine kurzen Beine für ihre Langsamkeit. Die Distanz zwischen mir und den dreien wurde immer größer und mit ihr meine Verzweiflung. Ich wollte sie rufen, doch die Scham trennte mich von ihnen, ich schwieg. Dann verschwanden die drei hinter einem Hügel und ich fiel erschöpft auf den nassen Boden. Unendlich viele weitere Momente bahnten sich einen Weg in meine Erinnerung, ich gab mich ihnen gänzlich hin. Sie war gestorben.

Mein Schmerz glich einem herannahenden Flugzeug. Zunächst noch ganz klein, nur ein Punkt auf dem dunklen Nachthimmel, unterscheidet sich sein Licht von dem der blinkenden Sterne nur durch die Bewegung. Doch dann nähert es sich an, nimmt an Dimension zu und macht sich durch einen sonoren, tiefen Ton bemerkbar. Das Licht wird immer heller, drängt sich vor jenes der Sterne, um sie schließlich vollends zu überdecken. Auch der Ton schwillt von einem beinahe unbemerkbaren Zwischenton zu einer alles überdeckenden Drohung an, die scheinbar den Himmel auf die Erde bringen soll. Schließlich wird der etwas schnellere Stern zu einem alle Sinne einnehmenden Hemmnis, das nicht mehr wegzudenken ist und jede Faser des Körpers besetzt hält. Sobald sich das Flugzeug entfernt, wird es wieder harmloser und leiser, bis es schließlich unscheinbar im Sternenhimmel verschwindet – jedoch nicht ohne eine breite Narbe auf dem einst reinen Himmel zu hinterlassen, eine Narbe, die die Sterne dahinter auslöscht; scheinbar für immer. So war es mit meinem Verlust. Zunächst spürte ich nichts, sah den Schmerz nur von der Ferne herannahen. Mutter und ich hatten uns nie viel zu sagen gehabt, vor allem, wenn man bedachte, dass ich die ersten neun Jahre meines Lebens kein Wort mit ihr gewechselt hatte. Dennoch gab es Momente, an denen wir eine Art seelische Verbindung zueinander gehabt hatten, mochten sie auch noch so selten gewesen sein. Ich spürte nichts. Ich zerriss mich an der Frage, ob Schmerz der andauernden Gefühlsleere vorzuziehen wäre und war zunehmend überzeugt davon, dass dies der Fall war, weshalb ich mich zwang, an freudige Erinnerungen mit Mutter zu denken. Stundenlang saß ich still vor dem Fenster, das mittlerweile dürftig mit einer durchsichtigen Plastikplane verhangen war und versuchte, die Tränen aus den Augen zu pressen. Lange blieben sie trocken. Doch schließlich bahnte sich die Trauer an, wie ein

Flugzeug in der Nacht, wurde immer größer, die blendenden Lichter nahmen immer mehr Sichtfläche ein, der Lärm wurde unerträglich. Ich verlor mich in einem Chaos, nahm die Unordnung dieser Welt immer klarer wahr, konnte mich jedoch nicht dagegen auflehnen. Jedes Geräusch, der Fluss der Zeit, Bewegungen und Kontraste, alles fügte sich zusammen zu einem drückenden, unvergesslichen Schmerz, der mein ganzes Sein einnahm. Zunächst war es nur die Trauer um Mutter, doch schnell ging es um mich selbst in einer sich immer weiter einengenden Welt, die konzentrische, immer kleiner werdende Kreise um mich zeichnete. Schließlich wurde der Raum zu einem einzigen Punkt, in dem all das Leid, der ganze Weltschmerz festgehalten wurde. Es war, als ob jemand langsam den Sauerstoff aus meinen Lungen pumpte, immer weniger blieb mir und immer mehr Anstrengung kostete es mich, sie regelmäßig zu heben und zu senken. Ich war verloren in einer Welt, die nicht mehr mit meinen Sinnen wahrnehmbar war, die keine Farbe mehr hatte, keine Geräusche oder Gerüche, sie spiegelte sich einzig in meinem Inneren wider. Der Fokus ging mir verloren. Ich selbst ging mir verloren.

Jede einzelne Alltagshandlung erinnerte mich an meinen Verlust, an mein unbändiges Leid. Meine ohnehin schon verstärkte Sensibilität nahm ein beunruhigendes Ausmaß an. Beim Waschen, Zähneputzen, sogar beim Lesen verlor ich mich in den kleinsten Geschehnissen. In einer besonders qualvollen, schleppend langsam vergehenden Nacht, in der der Schlaf mich nicht einfangen wollte, war ich entschlossen, mir einen Kräutertee zu brauen, der zumindest meine Müdigkeit verstärken sollte. Ich stand also von meinem Nachtlager auf, dem meine

Schlaflosigkeit anhand der zerkratzten Leintücher, der wild verteilten Pölster und der knittrigen Decke anzusehen war. So schnell es mir meine schwachen Knochen erlaubten, durchquerte ich das verhasste Zimmer, in dem so viele leidvolle Gedanken wieder hochgekommen waren und öffnete die Tür zum Flur, der schweigend vor mir lag. Seltsam, wie in der Nacht alles eine andere Gestalt annahm, eine andere Ausstrahlung, andere Farben. Froh über die verheißene Stille und die ruhigen, schwarz-weiß ineinander überlaufenden Kontraste, tappte ich leise den Parkettboden entlang zur Küche, die derart finster vor mir lag, dass es sogar mir gruselte. Die geschlossenen Fensterläden ließen nur einen minimalen Lichtschein der zarten Mondsichel herein, der sich langsam die Küchenfliesen bis zu meinen bloßen Beinen entlang arbeitete. Sobald sich meine Augen an die Dunkelheit gewöhnt hatten, begann ich Teewasser aufzusetzen und nach den Beuteln zu suchen. Linda hatte mir gezeigt, wo sie waren, doch ich hatte es ebenso schnell vergessen, wie den Ort des Badezimmers, den sie mir jedes Mal wieder zeigen musste. Während ich in der Küche einherschritt, begann das Wasser zu köcheln. Es hatte von einem angenehm brodelnden Hintergrundgeräusch kontinuierlich an Lautstärke zugenommen, war langsam angewachsen, um sich nun in seiner vollen, untragbaren Natur zu zeigen. Die unschuldig aufsteigenden Blasen brabbelten um das Hundertfache verstärkt in mir selbst weiter, schienen an meinem Trommelfell zu ziehen und zerren, es mit ihrer heißen Flüssigkeit zu übergießen und langsam aber sicher in mein Hirn einzudringen. Das Geräusch des Wassers, des anschwellenden, unaufhaltsam brabbelnden, bohrte sich in meinen Kopf wie eine

Schraube, die immer fester gezogen wurde, immer fester, bis ich es schließlich nicht mehr aushielt und wie versteinert in der Küche lag, abgeschlossen von der Außenwelt durch den allumfassenden Schmerz. Ich zog die Knie an den Kopf, ballte mich zusammen zu einem winzigen Ball aus glühenden Teer, um mich gleich darauf wieder in die Länge zu strecken, jeden einzelnen Wirbel meines Körpers zu überspannen. Meine Muskeln fühlten sich an wie glühende Kohlen, die in meinen Körper eingesetzt worden waren, um jederzeit in loderndes Feuer überzugehen. Ich sah nur noch weiß, versuchte mich festzuhalten, hatte das Gefühl zu einem einzigen Punkt zusammenzufallen, der nur noch von Schmerz durchdrungen wurde. Ich wusste nicht mehr, wo mein Körper aufhörte und die Außenwelt anfing, alle Materie schien sich in mir vereinen zu wollen, um mich auf ewig zu erdrücken. Doch dann wurde ich schlagartig wieder losgelassen, fühlte gar nichts mehr, nicht mehr Schmerz, auch nicht Erleichterung oder Glück, einfach nichts. Ich stand auf, goss das fertige Teewasser in die Tasse und ging Richtung Flur.

Mit der Zeit klang der Schmerz ein wenig ab, die Welt war wieder eine Sichtbare, breitete sich über die Grenzen meines Inneren hinaus aus und nahm erneut Form und Farbe an. Das Flugzeug entfernte sich. Doch es hinterließ eine breite Narbe auf dem einst reinen Himmel, eine Narbe, die die Sterne dahinter auslöschte; scheinbar für immer. Ich blieb zurückgelassen in einem Zimmer, das ich nur noch mit Schmerz verband. Irgendwann hielt ich es nicht länger aus, wollte alles Gefühlte aus meiner Brust hinausbrüllen, doch meine Stimme hatte mich abermals verlassen. Stattdessen hob ich das Buch auf, das noch immer neben den Scherben am Boden lag und begann zu schreiben.

Ein Kreuz,
am Himmel.
Der Flieger,
hinfort.

Umschlossen
vom Wind,
Kind des Himmels,
gedenkt man dir.

Die Wunden
brechen auf,
schwarzes Blut.
Leerer Sinn.

Weißes Licht
erblendet, erstarrt.
Den Tunnel entlang,

Zeit steht still.

Ich konnte nicht erraten, wie lange Linda mich mit meinem Schmerz alleine gelassen hatte. Als sie die blass gelb gestrichene Holztür wieder öffnete, war meine Welt eine andere, ich war ein anderer. All meine Kräfte hatten mich verlassen, ich war eine leblose Hülse, der jegliche Luft entwichen war. Seit Tagen schon hatte ich das Zimmer nicht mehr verlassen, nichts mehr zu mir genommen, bis auf einige Schlucke aus der Flasche, die sie neben mir auf dem harten Parkettboden abgestellt hatte. Stundenlang starrte ich nur auf die Decke des Zimmers, auf der sich ein feiner, langer Riss befand, den ich emotionslos mit unbeweglichen Augen verfolgte. Linda warf mir einen forschenden Blick zu, es war das erste Mal, dass sie meinen inneren Zustand nicht erraten konnte. Eine Zeit lang blieb sie im offenen Türrahen stehen, zeichnete ein wundervolles Bild in meinen Kopf, wie sie so in ihrem lockeren Hemd mit den unfrisierten Haaren da stand, den Blick auf mich fixiert. Unsicherheit sprach aus ihrer Haltung, sie wusste nicht, ob sie wagen konnte, sich mir anzunähern, ihr Körper zuckte hin und her, schließlich machte sie einige kleine Schritte in Richtung des Bettes, auf dem ich nun vollends erschöpft lag. Bis sie bei mir angelangt war, verging eine Ewigkeit, doch schließlich saß sie neben mir auf dem Laken. Meine Kräfte waren derart gering, dass ich mich nicht einmal an dem viel zu kleinen Abstand stieß, den sie zu mir hielt. Ich brachte es gerade nur noch dazu, den Kopf zu heben und ihr zuzuhören. Sie sprach lange und viel und versuchte, meine Stimmung zu ertasten, um mir beistehen zu können. Dieser Versuch scheiterte daran, dass ich selbst nicht ausdrücken konnte, was ich tatsächlich empfand. Sie

erzählte mir endlos lange Geschichten von Gefühls-verarbeitung, empfahl mir dutzend Doktoren, die Besten ihres Faches, mit denen ich die Zusammenarbeit zu schätzen wissen würde und gab sich schließlich damit zufrieden, mir die Reaktionen der übrigen Angehörigen zu schildern. Mein Vater – dies überraschte mich wenig – war der absoluten Verzweiflung, dem Nullpunkt seiner Kräfte nahe. Obwohl Mutter ihm zahlreiche Male weh getan hatte, hatte er sie dennoch geliebt. Linda erzählte mir, dass mein um Haltung bemühter Vater, als er die Nachricht erhalten hatte, auf dem Parkplatz der Kaserne, sichtbar für alle Kollegen, unter seiner Trauer kollabiert sei. Er sei von einem jungen Offizier aufgesammelt und nach Hause chauffiert worden und befände sich nun, um keinen Deut besser gestimmt, in unserem Familienhaus, seit Tagen nur im Bett liegend, ohne jemals etwas zu sich zu nehmen. Was mich am meisten an dieser Schilderung beunruhigte, war, dass meinem Vater nur selten eine Gefühlsregung anzumerken gewesen war, erhielt Emotionen für Schwächen der menschlichen Psyche, die, wenn ausgebrochen, schnellstens und gar nur im privaten Kreise bearbeitet und aus der Welt geschafft werden mussten. Nichts übertraf die Peinlichkeit eines in der Öffentlichkeit weinenden Kindes, dem Wutausbruch eines gealterten Mannes im Kaffeehaus oder einer offenen Familienstreitigkeit auf der Straße. Er hatte sich nie sonderlich bemüht, sein peinlich betroffenes Gesicht zu verstecken, wenn ich, als ich noch ein Kind war, in der Öffentlichkeit angesprochen wurde und stumm schweigen vor der Person verharrte, bis er meine Situation erklärt hatte. Für ihn war jegliches Ausbrechen aus dem, was man als „normal" bezeichnen würde, unangebracht und musste verborgen werden. Ich war mir im Klaren darüber, dass dies der Grund dafür war, dass mein Vater immer weniger mit mir unternahm, bis er mich schließlich vollends aufgab. Mein Bruder Bernd hingegen, ganz vollblütiger Geschäftsmann, hatte die Nachricht klaren Kopfes entgegengenommen, sich nur eine kurze Minute der Trauer genehmigt und war dann mit seiner Agenda fortgefahren. Mein Vater wäre vermutlich stolz gewesen, wäre er nicht seiner eigenen, bodenlosen Trauer unterlegen. Tatsächlich hatte Bernd noch am Abend des Todestages ein äußerst kluges Geschäft abgeschlossen, dass ihm ein stark gesteigertes Einkommen garantierte. Am darauffolgenden Tag hatte er die Angelegenheit sogleich in seine geschickten Hände genommen, alle nötigen Formulare für das Testament signiert und die Wege für das Begräbnis eingeleitet. Dieses sollte schon in zwei Wochen stattfinden. Bernd hatte die Januschkapelle dafür ausgewählt, ein kleines, altes Barockkirch-lein, das sich, umgeben von einem Friedhof mit uralten Linden, im Grünen befand. Mutter war oft auf den umliegenden Friedhof gegangen. Sie kannte niemanden, der dort lag, doch sie meinte immer, es sei der ruhigste Ort auf der ganzen Welt und das Nachdenken fiele ihr dort am leichtesten. Beinahe jeden Tag pilgerte sie zu der kleinen Kapelle. Es war ein passender Ort für sie, dort würde sie in der Stille nachdenken können. Bernd wollte ein keines Begräbnis, einerseits, weil Mutter nicht sehr vielen Menschen nahestand, andererseits um Geld zu sparen, denn er wusste genau, dass ich und mein Vater keines besaßen und er alles würde bezahlen müssen. Bernd hatte insgesamt elf Menschen eingeladen. Vater, Linda, mich, seine eigene Frau, die drei Kinder, meine Tante Isabella, ihren Mann und die zwei einzigen Freundinnen Mutters, die sie jedoch nur alle paar Jahre einmal getroffen hatte. Die Einladungen waren schon im Druck, der Sarg in Auftrag gegeben – aus Geldknappheit sollte es einer aus Fichtenholz sein – und der Pfarrer, ein alter Familienfreund, war benachrichtigt worden. Es blieb nichts mehr zu tun, als die zwei schmerzhaften Wochen bis zur endgültigen Abschiednahme abzuwarten.

Die Stunden zogen sich in die Länge, wie Sonnenstrahlen an einem Spätsommertag, der sich zu Ende neigt. Sechzig Minuten wurden zu hunderten, jede Sekunde spannte sich zu einer Unendlichkeit auf. Ich ging tagelang in meinem

Zimmer im Kreis, warf mich aufs Bett, verstellte die Möbel und lag schließlich den Kopf zum Fenster gerichtet auf dem harten Boden. Linda kam selten, sie schien den Schluss gezogen zu haben, dass es das Beste war, mich mit meiner Trauer alleine zu lassen, mein Unwetter an Gefühlen unberührt vorüberziehen zu lassen. Ich konnte mich nicht entschließen, ob sie mit ihrer Annahme Recht behielt. Ich wollte sie bei mir haben, mit ihr reden, die Stunden von ihr verkürzt wissen, doch jedes Mal, wenn sie den Raum betrat, fühlte es sich beinahe an wie Betrug. Ich musste den Schmerz nur dieses eine Mal selbst überkommen, das war ich Mutter schuldig. Und also saß ich ganze Ewigkeiten alleine im Zimmer oder lief auf und ab oder gestaltete es um, damit der Schmerz verging. Irgendwann begann ich mich zu fragen, ob die Trauer, die ich wahrnahm, dieselbe war, die Bernd und Vater durchlitten. Unsere Reaktionen waren unterschiedlicher Art gewesen, hatte sich anders in die Welt eingepflanzt, doch waren die Wurzeln der Trauer dieselben? War es überhaupt möglich, über eine Sache gleich zu empfinden? Das dahinterstehende Ereignis war gegeben, doch die Trauer entsprang unterschiedlichen Gründen. Vater trauerte um seine Frau, seine Lebensgefährtin, mit der er seine Gefühle geteilt und Kinder in die Welt gesetzt hatte. Bernd trauerte um seine Mutter, die ihn großgezogen, die ihn geliebt und unterstützt hatte. Ich trauerte um eine Idee. Um die Idee der Person, die mich verstehen sollte, die mich lieben und kennen sollte. Ob dies tatsächlich der Fall gewesen war, vermochte ich nicht mit Sicherheit zu sagen. Alle drei trauerten wir um dieselbe Person, doch auf unterschiedliche Weise. Nach einigen Tagen begann ich den Drang zu verspüren, zu schreiben. Ich wollte jedoch nicht das Buch benutzen, in das ich direkt nach Mutters Tod geschrieben hatte und welches ursprünglich Lindas Gedanken beherbergte. Es befanden sich zu viele Gedichte, zu viele Einträge und Sequenzen über mich selbst darin und ich war mir nicht sicher, noch derjenige zu sein, über den sie verfasst worden waren. Ich brauchte einen Neuanfang. Also wartete ich geduldig, bis Linda erneut in mein Zimmer kam und bat sie mit brüchiger Stimme, die allzu lange nicht mehr gebraucht worden war, um Papier und Stift. Sie ging und kam lange nicht mehr wieder. Irgendwann klopfte es an der Tür, dann öffnete sie sich einen Spalt weit, um einer körperlosen Hand Weg zu machen, die einen angespitzten Bleistift und einen Block auf den Boden legte. Erneut schloss sich die Tür und ich war alleine in dem stillen Raum. Langsam erhob ich mich, nahm Block und Stift an mich und ging nach einem geeigneten Platz zum Schreiben suchend damit im Zimmer umher. Schlussendlich ließ ich mich auf dem Stuhl vor dem zerbrochenen Fenster nieder, schlug den Block auf und setzte die dicke Bleistiftmine auf.

Entwurzelt schwankt die Weide im Sturm,
reißt aus des Erbarmungslosen Kind,
erbarmet Euch nicht, Gevatter Wind!

Ströme ergießen sich über's Meer,
fließen hinein in die dunkle Welt
des unendlichen Flusses, der See.

Ströme fließen in die dunkle Welt,
erbarm' dich nicht, Gevatter Wind!
Gib Ruhe der Seel', Stille der Flut.

VI

Ich ging hinter Linda her, den Steinpfad entlang. Mir war eisig kalt, der Wind zog mir den Rücken herab, stellte jedes kleinste Härchen auf. Ich wollte heim. Linda ging voraus, ich hintendrein, so sollte es wohl sein, also trottete ich ihr nach, den Steinpfad entlang zur Kapelle. Zu dem Zeitpunkt nahm ich die seltsame Stimmung gar nicht wahr: Obwohl nur ein leichter Wind in der Luft lag, neigten sich die alten Linden wie im Sturm, drohten auszureißen und weggetragen zu werden. Das Licht hatte Schwierigkeiten aus dem Nebel auszubrechen, es leuchtete nur dimm, dämpfte Farben und Formen, sodass nur die Umrisse der Grabsteine gegen die weiße Wolkenwand sichtbar waren. Wie ich so hinter Linda einherschritt, erinnerte ich mich an jüngere Tage, an denen ich Mutter hinterherlief und versuchte, mich auf ihre Gestalt zu konzentrieren, was mir nie gelang. Immer wurde ich abgelenkt von den gesichtslosen Namen auf den Grabsteinen. Mutter rief mich öfters, doch ich hörte nicht, wollte mir lieber Geschichten ausdenken, Geschichten für jeden einzelnen von ihnen. Geschichten waren wichtiger als Namen. Doch niemand von ihnen besaß eine, jeder einzelne unter ihnen war grausam aus dem Leben gerissen worden, nur um kurz darauf wieder in den Boden eingesetzt zu werden – diesmal ohne Wurzeln. Ich war von dem Gedanken besessen, dass auch ich einmal so daliegen würde, ohne Gesicht, ohne Geschichte, nur mit Stein und Namen. Schließlich kam Mutter auf mich zu, nahm mich schweigend an der Hand und zog mich fort von den wurzellosen Pflanzen, entlang den Steinpfad zur Kapelle.

Ich war zurückgefallen, stehengeblieben vor einem der hundert Grabsteine. Linda drehte den Kopf, kam auf mich zu und blieb bei mir stehen. Einige Momente standen wir nur so da, nebeneinander im Nebel, umringt von all den körperlosen Steinumrissen und warteten darauf, dass etwas geschah. Dann kam Bernd den Weg hinauf. Bernd mit seinem Aktenkoffer, mit all den Rechnungen, dem Ablauf, mit allen Fürbitten und Reden und nur noch mehr Rechnungen. Bestimmt würde er mir einige als nettes Andenken an den Tag mitgeben, wohl wissend, dass sie bei mir nur in einem Rechnungsmeer untergehen würden. Er kam den Weg hinaufgeschnitten, in gänzlich schwarzem Aufzug bis hin zu dem pechschwarzen Jägermantel, den er sich extra für den heutigen Anlass gekauft haben musste, war er doch weder ein begeisterter Jäger, noch ein Trachtenträger und fühlte sich generell in seinem Anzug und dem Trenchcoat am wohlsten. Als er bei uns angekommen war, nickte er uns zur Begrüßung kurz zu, seinen erhabenen Blick auf meinem Gesicht ruhend und den passenden Ausdruck in dem seinigen – die perfekte Mischung aus tiefer Trauer und melancholischer Festlichkeit, die zu einem derartigen Ereignis geboten waren. Ich hingegen starrte leeren Blickes in die Ferne in Richtung der Linden, unter denen Mutter zu reflektieren gewohnt war. „Unter Linden kann ich am besten denken", klang mir ihre Stimme im Kopf nach und ich sah sie vor meinem inneren Auge unter einem der großen Bäume sitzen, den Rücken an den Stamm gelehnt, die Augen verschlossen, während sich ihre Lippen stumm bewegten. Es war ein friedliches Bild. Ohne dass ich sonderlich viel davon mitbekam, begann Bernd auf mich einzureden, schilderte mir den ganzen Ablauf. Der Sargmeister würde jeden Augenblick erscheinen, dann würden wir alle zusammenwarten, um in einem feierlichen Umzug zur Kapelle zu schreiten, wo der Herr Pfarrer die Trauermesse halten würde – der Herr Pfarrer übrigens, den Mutter so gern gehabt hatte. Dann würden wir wieder ausziehen und zum Grab gehen, um anschließend den Sarg in die Erde einzubetten. Schließlich dürfte jeder eine Rose in die Erde hinabwerfen und dann war die ganze Sache auch schon wieder vorüber. Hast du noch Fragen? Nein, ich hatte keine Fragen mehr.

Einer nach dem anderen traf die ganze Gesellschaft ein, jeder auf seine Weise trauernd, die einen mit Tränen in den Augen, die anderen sichtlich gedankenverloren, die dritten von einer besetzten Ruhe erfasst. Nachdem alle Teilnehmer eingetroffen waren, begann der Pfarrer dem Trauerzug vorauszugehen, das Ave Maria rezitierend, gefolgt von den vier Sargträgern. Es war tatsächlich ein schlichter Sarg aus Fichtenholz, ohne Blumenschmuck, wie Linda es mir geschildert hatte. Er kam mir sehr klein vor, kleiner als Mutter. Oder war sie tatsächlich derart klein gewachsen gewesen? Bereits nach zwei Wochen hatten sich Nebelschwaden um die Erinnerung an ihre Gestalt gelegt, die sich mit jedem Tag verdichteten. Hatte sie braunes Haar gehabt oder bereits ergrautes? Beunruhigt über mein lückenhaftes Gedächtnis trottete ich gedankenverloren dem Trauertrupp nach. Ich war der letzte, vor mir gingen all die anderen, schweigend die Augen auf den Steinboden gerichtet oder auf den schlichten Sarg. Niemand sprach ein Wort, nur ein leichtes Blätterrascheln war zu vernehmen, das von den Linden ausging. Jeder hing seinen eigenen Gedanken nach, niemand war tatsächlich auf den Pfarrer fokussiert, der wohl der einzig wahrhaft Betende war. Ich selbst dachte über die seltsame Tatsache nach, dass der Mann, der den Sarg getischlert hatte, sich Sargmeister nannte. Es erschien mir kein sonderlich begehrenswerter Titel zu sein, wer wollte sich denn allen Ernstes damit rühmen, einen Holzkasten herstellen zu können, in den man Tote einsperrte und das für den Rest ihrer Zeit? Es kam mir geradezu lächerlich vor, diese kleinen Gefängnisse aus Holz für Unsummen an Trauernde zu verkaufen, geschweige denn, sich als Meister dieser Tätigkeit zu bezeichnen. Wäre es nicht viel schöner die Toten ohne Sarg zu begraben? In dem Holzkasten bekamen sie ja unmöglich Luft und die Einsamkeit musste drückend sein. Ich ertappte meine ausschweifenden Gedanken erst, als ich beinahe über einen besonders hohen Gehstein stolperte. Ich fand das Gleichgewicht schnell wieder und fuhr mit meinem Weg fort, gewillt, meine Gedanken auf das andauernde Ave Maria des Pfarrers zu lenken. Es gelang mir nicht. Es schien, ich war nicht der Einzige, der sich vergeblich mühte, geistig bei der ununterbrochenen Jungfrauenerrufung zu verweilen. Bernd starrte mit gebündelter Konzentration auf den Herrn Pfarrer, fast schon überzeugte er den naiven Zuseher, doch seine Augen waren aus Glas, sichtlich gedankenverloren. Einige Male drehten sie sich sogar, als würde er etwas beobachten, das offensichtlich in seiner Erinnerung stattfand. Vater hatte die Augen gänzlich zum Schlaf geschlossen, den Geist in anderen Sphären. Sanfte Tränen durchzogen sein gealtertes Gesicht, seine Hände zitterten. Er war nicht im Stande, sich auf das Weltliche zu konzentrieren, war abgekapselt, einsamer denn je. Seine Gedanken schweiften vermutlich um eine der unendlich vielen Szenen mit seiner aufs Äußerste geliebten Frau und Wesensgefährtin. Erst zu dem Zeitpunkt bemerkte ich, wie sehr sich mein einst straffer, muskulöser Vater verändert hatte. Die Altersflecken waren deutlich auf seiner gegerbten Haut zu erkennen, die stellenhaft ohne Halt von seinen Knochen hing. Die wenigen grauen Haare waren bemüht, die Glatze zu verdecken, die sich unaufhaltsam ausbreitete. Doch am meisten erschreckte mich, wie mager er geworden war. Obwohl Vater nach seiner Grundwehrdiener-Ausbildung keine physische Tätigkeit beim Militär verrichtet hatte, sondern dank seines kühlen Kopfes als Stratege eingesetzt worden war, war er doch immer bemüht gewesen, seinen Körper einsatzbereit zu halten. Als kleines Kind hatte ich stets seine Muskeln bewundert, die sich deutlich von seinen Oberarmen und den straffen Beinen abzeichneten. Nun war seine muskulöse Gestalt verschwunden und er war deutlich schmäler als früher – um beinahe die Hälfte seines früheren Körperumfangs. War es die Trauer gewesen, die ihm derart zugesetzt hatte oder war er davor schon dem Alter zum Opfer gefallen? Es war mir unmöglich, dies mit Sicherheit zu sagen, war unsere letzte Begegnung doch tatsächlich jener Besuch gewesen, den er Linda und mir damals beim Haus am See abgestattet hatte. Ich sah sein strahlendes Gesicht noch vor mir, als er ins Wohnzimmer trat, sichtlich überrascht darüber, dass es sein einst stummer Sohn, der Jahre lang in einer Anstalt hatte verbringen müssen, schlussendlich doch noch geschafft hatte, sich ein bescheidenes, aber erfülltes Leben aufzubauen. Von dieser Freude war nun nichts mehr zu sehen, die Trauer überschattete sein gesamtes Dasein, erfasste jede seiner Gesten und ließ ihn langsam, aber sicher, zu einem Phantom seiner selbst werden. Die übrigen Mitglieder der Trauergesellschaft waren bis zu einem gewissen, sehr abstrakten Grade, Fremde für die Verstorbene. Bernds Kinder, meine zwei Neffen und die Kleine, waren nur peripher mit Mutter in Verbindung gebracht worden, nur die üblichen Feiertage hatten wir gemeinsam verbracht, Ostern, Weihnachten, ein paar Geburtstage. Doch eine derartige Gelegenheitsbekanntschaft vergisst der jugendliche Geist schnell, löscht sie aus, bis sie zum nächsten Mal gebraucht wird, um sich Bemerkungen über das gestiegene Alter oder die zunehmende Körpergröße anzuhören. Die drei trotteten gelangweilt hinter der Prozession her, waren jedoch, gemessen an ihrem jungen Alter, erstaunlich still und in sich gekehrt und hatten bis dato keinen Versuch gestartet, sich aus der unangenehmen Situation heraus zu manövrieren, was vermutlich in einer entsprechenden Einweisung ihres Vaters begründet lag. Den jugendlich aufmüpfigen Geist, der den Kindern abhandengekommen war, übernahmen andere Teilnehmer bereitwillig. Bernds Frau und meine Tante Isabella, ihr Mann sowie die zwei einsamen Freundinnen Mutters konnten die Kraft der jüngeren Generation nicht mehr aufbringen, sie waren nicht im Stande, still zu halten; stattdessen zappelten sie um sich, wie jemand, der in tiefste Verlegenheit geraten war, verzweifelt, mithilfe von konstanten Gesten Abstand von der unangenehmen Situation zu nehmen. Die eine kratzte sich unablässig am Arm, die andere raufte sich die Haare, die dritte zappelte marionettenhaft hin und her und einige von ihnen waren so fernab der Geschehnisse, dass sich ihre Lippen sogar stumm mit den abschweifenden Gedanken mitbewegten. Offensichtlich waren sie allesamt darauf bedacht, die Angelegenheit schnellst möglich hinter sich zu bringen, ihr alltägliches Leben fortzuführen und jegliche Erinnerung an den heutigen Tag gemeinsam mit Mutters Sarg im Erdboden zu vergraben, auf dass sie nie mehr wieder aufleben mochte. Eine einzige Person auf dem Begräbnis nahm wahrhaftig daran teil. Linda hatte jede einzelne Faser ihres Geistes der Verstorbenen gewidmet, sie rezitierte mit höchster Konzentration die altbekannten Verse des Ave Maria, betete leise für die Verstorbene und machte gänzlich den Anschein, ihr Leid hinter sich zu lassen, um sich auf Höheres zu konzentrieren. Die Augen geschlossen, bahnte sie sich zielbewusst und ohne jemals den richtigen Tritt zu verfehlen, ihren Weg hinter dem Pfarrer her, während sie, die Hände gefaltet, die Lippen fromm zum Gebet geöffnet hielt. Ich selbst war mir meines Gemütszustandes nicht im Klaren. Mir schien das Öffnen jener Tür zu gefährlich, würde sie mich doch vielleicht zu der alles einnehmenden Trauer zurückführen, die ich anfangs empfunden hatte. Meine Umwelt hielt ich bis auf das kleinste Detail in meinem Kopf fest: die bizarren Schliffe der Randsteine des kleinen Weges, die blendenden Grüntöne der Grashalme, die sich ihren Platz zwischen den Pflastersteinen mutig erkämpften, den Geruch, den die Pflanzen im Nieselregen ausströmten. So sehr ich die Außenwelt geistig detailgetreu abmalte, so wenig war ich mir meiner inneren Stimmung bewusst. Pflichtbewusst senkte ich den Kopf, drückte mir Tränen aus den Augen und ahmte das überzeugende Trauergesicht meines Vaters nach. So gingen wir alle gen Osten, den Pfad zur Kirche entlang, der Pfarrer voraus, die Trauergemeinde hinterdrein. Als der geistige Würdenträger, Diener Gottes und seines Namens tüchtiger Kampftrinker, vor der Kapelle haltmachte, liefen die vorderen Prozessionsträger Gefahr, in ihn hineinzulaufen, samt Mutter und ihrem Sarg. Es hätte ein bizarres Bild abgegeben, wäre der Herr Pfarrer mit dem Sarg als Rammbock umgestoßen worden, bestimmt aber hätte es die bedrückende Stimmung aufgelockert, sodass ich beinahe wünschte, es wäre tatsächlich geschehen. Doch mit wunschhaften Gedanken-szenen dieser Art hat man selten sein Glück, sie bleiben bei den meisten nur das, woraus sie entstanden sind: lichte Gedankenmomente. So war es auch mir nicht vergönnt, eine der wenigen humorvollen Entsprünge meines abgeflachten Geistes in die Realität zu übertragen. Die sa(r)genhafte Komödienkollision in der physischen Welt zu erleben, war mir nicht geschenkt. Nun, da jegliche Möglichkeit, den sakralen Charakter der Festlichkeit zu durchbrechen, verunmöglicht war, verfiel ich endgültig in einen Zustand abwesender Trauer. Eine tiefe Müdigkeit überfiel mich, wie ein Schleier setzte sie sich auf meine Schultern, drückte sie herab zu den spitzen Gehsteinen, meine Umgebung wurde in dumpfe Farben getaucht, Schatten zogen sich tief über unsere kleine Gesellschaft, die ruhig vor der Kapelle stand. Ich ging unter in eine Tiefenwelt, die mich erstarren ließ, mir die Luft aus den Lungen presste, mich betäubte, wie eines der Medikamente, das mir in der Klinik zum Schlaf verabreicht worden war. In einem Zustand tiefliegender Trauer beobachtete ich die Geschehnisse um mich herum, als wäre ich ein teilnahmsloser Zuschauer, der flink die Emotionen der Anwesenden nacheifert, ohne deren tatsächliche Ursache zu kennen. Immer tiefer sackte ich in den Boden ein, ließ die Farbenwelt über mir zurück, um in eine schauerhaft beleuchtete Schattenwelt einzutreten. Über mir drohte sich der Erdboden zu schließen und die reglosen Gestalten, die in eine starre Porzellanlandschaft eingegossen waren, in sich aufzunehmen. Dann bewegte sich die kleine Versammlung weiter, der Pfarrer voraus, die anderen hinterdrein. Das schwarze Kirchentor öffnete sich knarrend, als ob es gegen die unerwünschten Eindringlinge in die einsame Kirchenruhe Widerstand leisten wollte. Doch der fahle Lichtschein von draußen säuberte die Böden von Staub, arbeitete sich in die Höhe und leuchtete schließlich, bis auf den winzigen Altar in der Nische, die kleine Kapelle aus.

Barfuß lief ich den kleinen Pfad hinauf, die Steine, die von der Mittagssonne erwärmt waren, kerbten sich im Laufschritt tief in meine Füße ein, doch von alledem bemerkte ich nur das geringste. Mein Blick war einzig auf die schwarze Holztür gerichtet, die einen leisen Lichtstrahl in die Kapelle zuließ. Meine Hand legte sich auf die Eisenklinge, alle Kräfte anwendend zog ich das Tor auf, das mir den Blick auf eine Pièta eröffnete; unvergleichlich in ihrer Art. Das Licht durchzog die Kirche, erleuchtete das Gesicht der fromm gebeugten Frau, die ein Kind auf ihrem Schoß hielt, beide hatten die Hände im Gebet verschränkt, doch der Blick der Mutter galt nicht dem Kreuz auf der Wand über der Nische, sondern einzig ihrem Sohn, meinem Bruder Bernd, der konzentriert die Augen geschlossen hatte, während er leise sein Gebet vor sich hin murmelte. Voller Stolz und Liebe erfüllt, betrachtete die Mutter ihr Kind, eine malerische Ruhe besetzte die Szenerie. Wie erstarrt stand ich da, die nackten Füße auf dem kalten Boden, die Hand noch immer auf der Türklinge, das Herz noch immer erstarrt. Erst nach einem unbemessbaren Zeitraum öffnete sich die Kugel der Unbeweglichkeit, die mich umgeben hatte, wieder der Außenwelt, Licht und Schall kamen erneut zu mir und damit auch der Klang der Orgel. Das Stück war nicht gut gespielt, die Töne lagen schief in der Luft, der Rhythmus war an mehreren Stellen durchbrochen und die Orgel alt und selten im Einsatz, doch es gehörte zu der Idylle, die das Innere der Kirche umfasste. Ich hätte das Gespielte im tiefsten Schlaf nachsingen können, kannte den Klang, den Stil, die Tonart des Spielenden in und auswendig, war mir dieselbe Melodie doch tausendfach auf dem kleinen Klavier zu Hause vorgespielt worden, war ich doch Tag ein Tag aus mit den schiefen Klängen und verschrobenen Akkorden langsam in die dunkle Traumwelt hinübergeschritten. Einige Zeit stand ich reglos da, das Bild der Mutter mit ihrem betenden Kind in mich aufsaugend und den bekannten Klängen der Orgel lauschend, doch je länger ich in meiner statischen Ruhe verharrte, desto enger zog sich mein Herz zusammen. Es zerriss mich von innen her, der Schmerz nahm meinen Körper ein, stach tief in meine Magengrube, höhlte mir den Geist aus. Es war wie ein Bienenschwarm, der meinen Leib als Ganzes in Angriff nahm, mir die Haut zerstach, jede Stelle für sich einnahm und meinen Körper dem Gift überließen. Irgendwann war die Orgel nicht mehr zu hören, nichts war mehr hörbar, bis auf einen alles einnehmenden Schrei, hoch und schrill und voll von Schmerz.

Ohne es zu bemerken, war ich mit dem Rest der trauernden Gesellschaft in die Kapelle gegangen und Linda den Gang entlang bis in die erste Reihe gefolgt. Nun standen wir alle steif in dem Gotteshaus, die Köpfe erwartend zum erhellten Eingang gerichtet. Endlich schritt der Herr Pfarrer in all seiner Würde den Kirchgang entlang, das Gesicht samt roter Trinkernase in Ehrfurcht heischender Anstrengung nach unten geneigt, wie um seinem Herren die gebührende Demut zu erweisen. Hinter ihm trippelten die vier Sargträger einher, versucht, in ihrer Autorität dem Kirchenmann gleich zu kommen, wobei dieser Versuch schon im vornherein zum Scheitern verurteilt worden war, hatten sie doch an einer nicht unleichten Last zu tragen. Schließlich erklomm der Pfarrer unter hörbarem Schnaufen die drei kleinen Stufen und gelangte am Hauptaltar an, während sein Gefolge den Holzkasten auf dem Podest vor ihm positionierte. Als alles an seinem Platz war, eröffnete der Pfarrer die Messe. Ich zerriss mich über die Komik der „Eröffnung" einer Messe, die dem Ende eines Lebens galt und über die fehlgeleitete Bedeutung des Wortes Trauerfeier, dessen Zusammensetzung aus den Worten „Trauer" und „Feier" mir bizarr vorkam. Nach der Eröffnung begann der Pfarrer, der meine Mutter scheinbar nicht bloß flüchtig gekannt, sondern zu der er eine enge Verbindung gehegt hatte, eine Anekdote nach der anderen zu erzählen, die allesamt dazu gedacht waren, Mutter bis in die Himmel hoch jauchzend als gütigen Menschen und liebevolles Familienmitglied preisen. Ich stand diesen ersten Teil durch, wobei ich nicht, wie einige andere, jedes Mal zum Schnäuztuch greifen musste, wenn der Pfarrer zu einer weiteren seiner Geschichten ansetzte, die ganz zufällig alle in Gottes Wirtshaus begannen. Er malte ein geradezu marienhaftes Bild von der Verstorbenen, das ihr aus meiner Perspektive, trotz der bizarren Erinnerung an die Pièta des weit in der Vergangenheit liegenden Nachmittages, nicht gerecht wurde. Er bezeichnete Mutter als eine arme Seele, die ein hartes Leben hatte führen müssen und bestückte seine Aussage mit Erzählungen von der Notsituation der Familie im Krieg, die zur Deportation ihres Vaters, meines Großvaters, geführt hatte. Glück im sagbaren Unglück war es dem Rest der Familie, Mutter, ihrer kleinen Schwester und meiner Großmutter gelungen, durch die Beihilfe einiger Familienfreunde ins Ausland zu flüchten. Dort musste die tapfere „Kämpfernatur", wie der Pfarrer sich ausdrückte, ums blanke Überleben kämpfen, wobei dieser die grausamen und gänzlich unchristlichen Methoden im kirchlichen Umfeld in den Mund zu nehmen nicht bereit war. Er beließ es bei einer Verehrungsrede, die Mutter beinahe in die Heiligkeit erhob und fuhr schließlich mit Geschichten über die problematische Rückkehr in die Heimat fort, die Mutter in eine tiefe Krise versetzt hatte, da sie, nachdem die Wohnung verkauft und die Freunde verloren waren, buchstäblich keinen Anhaltspunkt mehr fand. Mein Vater war bisher in den Schilderungen nicht vorgekommen, wurde aber bei der ersten Erwähnung umso heldenhafter gepriesen. Er war ihr Retter gewesen, der sie im letzten Moment aufgefangen hatte, bevor sie gezwungen war, auf grausame Art ihr Überleben sicherzustellen. Aus der ritterlichen Heldentat meines Vaters entwickelte sich eine enge Verbundenheit, die als göttliches Geschenk zu verstehen war, wie der Prediger meinte, wobei ich für meinen Teil die Beziehung, mit Hinblick auf ihre Anfänge, stets als Abhängigkeitsverhältnis wahrgenommen hatte. Als der Pfarrer mit der rührenden Lebens und Leidensschilderung geendet hatte, rief er zum allgemeinen Seelengebet für Mutter auf, dem wir murmelnd und zumeist stets noch selbstbezogen Folge leisteten. Alle Stimmen, krächzend leise und inbrünstig laut, verbanden sich in der offenen Kirche zu einem mehrtönigen Sprechgesang, der sich in die Decke erhob und noch lange nach der Aufforderung zum stillen Gebet nachhallte. So saßen wir alle – Angehörige und die wenigen Freunde – in der Kapelle, die nur von einem fahlen Lichtschein durch die Kirchenfenster erhellt wurde und versuchten uns, umgeben von kaltfeuchten Mauern, am stillen Gebet. Ich vermochte nicht zu erkennen, wie es um die Mitleidenden stand, meinerseits jedoch fiel es mir schwer, die Gedanken allein aufs fromme Gebet zu fokussieren, sodass ich mit einem Seelengebet begann, nur um in melancholisches Gedankenschwelgen abzuschweifen. Mehrmals ertappte ich meinen Geist bei einem lange vergessenen Gedanken, der längst hinter mir gelassene Emotionen wieder hochbrachte, der mich besetzt hielt, wie ein Dämon, mich vollends einnahm, von Kopf bis Fuß. Alles in meinem Körper gab sich dem einen Gefühl, dem hinfälligen Gedanken hin, den ich so lange hinter mir gelassen hatte. Er gehörte einem anderen Teil meiner selbst an, einem, den ich in der Vergangenheit zurücklassen wollte. Das Gefühl war an einem denkwürdigen Abend entstanden, an einem Abend, an dem ich gerade nur noch die Kraft aufbringen konnte, den Kopf zu wenden, an einem Abend, an dem eine Person verstarb, in der ich mich rätselhaft getäuscht hatte. Es war mein Mitgenosse, der mir die Botschaft mitgab, die mich von dem Zeitpunkt an fortwährend und in unregelmäßigen Abständen besetzt hielt. „Wir sind nicht Singular". Ich fühle noch seine Anwesenheit in dem Raum, den er damals plötzlich vollends für sich eingenommen hatte, nach Monaten der Reduktion seiner Person auf ein nahezu punkthaftes

Gefüge. „Parallel", flüsterte mir seine lautlose Stimme hinterher, stellte mir jedes kleinste Härchen meines fröstelnden Körpers auf, lief mir den Rücken hinab und setzte sich in meinen Eingeweiden fest, nur um sie immer enger zusammenzuziehen. Und das Gefühl, etwas vergessen, übersehen zu haben, wie als wenn ich einen wichtigen Gegenstand unbewusst liegen gelassen hätte, zeitgleich mit der Überzeugung, zumindest einen Teil der Botschaft erkannt zu haben. Ich saß in mich gekehrt bei dem Begräbnis meiner Mutter auf der harten Kirchenholzbank, empfand nur eine melancholische, weit entfernte Form der Trauer, selbstzentriert und fokussiert alleine auf mein eigenes Leben, während ich gleichzeitig auf eine seltsame und verstörende Art Teil eines größeren Ganzen wurde, Teil einer Gemeinschaft, zu der ich mich – stets einsamer Wolf und Einzelgänger mit Leib und Seele – nie gezählt hätte. Ich spürte etwas, das aus meinem Inneren hinausging, anstatt einwärts gerichtet zu verharren, verband mich mit dem Geist der anderen Personen, mochten sie auch nicht dasselbe denken oder fühlen. Niemals war ich in der Lage gewesen, mich einem Zusammenschluss zu fügen, mochte es

Familie, Freunde oder gar nur ein kollegiales Arbeitsverhältnis sein, ich war der Verbindung mit anderen nie gewillt oder fähig gewesen, war viel zu sehr auf die mich umgebende und mich überfordernde Umwelt bedacht gewesen, die mir meinen Leidenszyklus hindurch stets schmerzhaft in Erinnerung war. Zwei Mal in meinem Leben nur war es mir möglich gewesen, mich derartig Teil eines Gefüges zu fühlen, wie es nun der Fall war. Das erste Mal war, als ich sechs Jahre alt war und mich, kühn in den Ozean gewagt hatte. Ich sprang in die blaue Suppe hinein und war schlagartig in einer anderen Welt, einer herrlichen Welt, die von sanftem Wasser auf meiner rauen Haut geprägt war und dem schönsten Gefühl, dem der Stille, der abgedämpften, nahezu totalen Stille. Ich ließ mich fallen, sank immer tiefer in die herrliche Ruhe ein, je tiefer ich sank, desto stiller wurde es, bis ich ganz von all meinem Schmerz, all dem Leid befreit wurde, ein unbekannt herrliches Gefühl. Als mir der Schall genommen worden war, war ich erstmals in der Lage gewesen, über meine Person hinaus Glied einer verbindenden Kette zu werden, Teil des unendlich weiten Ozeans, verbunden mit der gesamten Wasserwelt. Unbeschreiblich war das Gefühl gewesen, wie eine Neugeburt, ein tiefgründiger Erkenntnismoment, der mir die Augen öffnete, den Mund und das Herz. Allzu schnell jedoch war er wieder vorüber, meine Lungen schrien nach Sauerstoff, es konnte nicht mehr verleugnet werden. So trieb ich wieder zur glasigen Oberfläche hinauf, der Trennlinie der Welten entgegen, brach luftringend aus dem Wasser und wurde einer unsagbaren Geräuschkulisse ausgesetzt, die ungedämpft auf mich einströmte. Der Friedensmoment war vorüber.

Das zweite Mal, war an meinem aller ersten Tag in der Klink gewesen, als das durchgehende Weiß an den Böden, Wänden und Decken, den Bettlaken und Tischen und allen Fensterrahmen mich noch zu beeindrucken vermochten, ich den starken Kontrastunterschied zwischen den weißen Nuancen noch nicht wahrnahm, mir nicht darüber im Klaren war, dass gerade die Farbe Weiß unendlich viele Kontraste in sich vereinte. Als ich die Klinik das erste Mal betrat, eröffnete sich mir eine Welt, die der Überreiztheit meiner Sinne scheinbar ein Ende setzte und mir eine tieferliegende Ruhe verschaffte.

Dies alles war mir nur in den ersten Stunden vergönnt, da mein Auge sich noch an dem ruhigen Farbton erfreute. Doch der menschliche Körper passt sich stets seiner Umgebung an und so geschah es, dass meine Sinne innerhalb einer kurzen Woche von der vollen Farbpalette des Weißen überreizt waren. Dennoch war es mir zumindest die ersten Momente vergönnt, mich an der Gemeinschaft der Klinikbewohner und der Zusammenarbeit mit den Ärzten und Therapeuten zu erfreuen.

Nun war es das dritte Mal, dass es mir tatsächlich gelang, zumindest für einen Augenblick jeglichen schmerzhaften Gedanken aus meinem Geist zu verbannen und einfach teilzuhaben an dem Moment. Ich ging in der versammelten Gemeinschaft auf, wie ein Tropfen im See, stimmte ein in die erwartungsvolle Stille, nahm Teil an der universellen Andacht. Es schien, als durchströmte mich ein Energieschub, ähnlich dem stimmigen Moment, da der Körper sich beim Lauf selbstständig macht, einem die Arbeit nimmt und, äußerst widersprüchlicher Weise, immer mehr Energie zu gewinnen scheint. So gab mir der eine Gemeinschaftsmoment hundertfach Energie.

VII

Die Welt erhellt im Lichter Blitz
erstarrt von Hölle Feuer Glanz,
erfasst des Geistes tiefsten Sitz
der Götter freudenvoller Tanz.

Von weither reicht das Klagelied
der weichen Stimme wohler Laut,
erfüllt die Luft, des Tones Schmied,

der alt bekannten Totenbraut.

Vom Hass erfüllt, der Liebe fern,
entbrennt das Herz dem Sensenmann,
der Sehnsucht treu folgt er dem Stern
der Liebsamkeit in stillem Bann.

Die Zeit kehrt um zum Vater leis',
still und stumm und voller Gram
legt sie das Land in kaltes Eis,
die Achsen wendet sie mit Scham.

Nun bitte ich Bernd, den Sohn unserer entschlafenen Schwester, einige Worte an uns zu richten. Hinter mir knarrte die alte Holzbank, Menschen ächzten unter der Bewegung ihrer steif gefrorenen Glieder, während sie sich erhoben, mein Bruder bahnte sich seinen Weg vorbei an meiner Schwägerin, die es nicht vollends geschafft hatte, sich ein Trauergesicht aufzuschminken, vorbei an meiner Tante und ihrem Mann, die gebeugten Hauptes zu Salzsäulen erstarrt mit dem Boden liebäugelten und bewegte sich langsam, wie zum Trauermarsch verurteilt, den verschmutzt roten Teppich hinab zum Altar, vor dem er eine clownhafte Verbeugung hinlegte, bevor er hinter den kleinen Steinkubus trat, der zur Rechten des Herrn Pfarrers stand. Lange Stille. Bernd stand verloren hinter dem heiligen Buche, das geschlossen oben auf lag. Er räusperte sich, wie um sich seiner eigenen Stimme zu versichern, öffnete den Mund, schloss ihn gleich darauf wieder. Sein Blick glich dem eines um Hilfe suchenden Kindes, verloren, gezwungen, vor einer Menge zu stehen, versucht, die Panik zu unterdrücken, die sich sichtlich seinen Hals hinaufarbeitete. Noch nie hatte ich meinen

Bruder derart erlebt, er war sich seiner selbst, seiner Position und dem Verhältnis zu anderen stets sicher gewesen, stand mit beiden Füßen am Boden, er vereinnahmte jeden Raum mit einer Aura von Selbstsicherheit und ein klein wenig Überheblichkeit. Bernd fand immer die richtigen Worte, beschwor aus dem Nichts herzzerreißende Reden herauf, die sich unmittelbar in den Köpfen der Menschen festsetzten, sie zum Lachen, Nachdenken oder Weinen brachte, genau wie er es wollte. Diesmal war es anders. Die Stille wuchs zu einem

unübersehbaren Elefanten im Raum an, einer unüberwindbaren Hürde, die zwischen meinem Bruder und der lauschenden Gemeinde stand. Hilflos flog sein Blick über die Reihen, auf der Suche nach einer Rettungsleine, doch niemandem von uns war es vergönnt, ihm zur Seite zu stehen, er war allein gelassen, einsam in einer Ansammlung von Menschen, die mit ihm litten. Einige Male hob er die Hände, öffnete den Mund, räusperte sich, begriff jedoch sogleich seine endgültige Einsamkeit, seine Hilflosigkeit. Er brach. Seine Hände begannen unkontrolliert zu zittern, der Kopf fiel ihm herab, die Augen schlossen sich. Tränen rannten sein von Trauer verzerrtes Gesicht herab, bahnten sich den Weg hinab auf den Boden des heiligen Ortes, an dem sie donnernd aufschlugen. Einige Minuten geschah nichts. Jeder von uns trauerte auf seine Weise – nun nicht nur um Mutter, auch um Bernd, um seine Frau, die Kinder, um alle, denen Mutter lieb gewesen war. Die Verbundenheit aller in der Kirche war unüberwindbar, alle schienen nun tatsächlich anwesend zu sein, in der Bereitschaft, miteinander zu trauern. Dann ruckelte etwas hinter mir, überzeugte Schritte bahnten sich den Weg über die Holzplanken der Kirchenbänke, zeichneten sich auf dem Teppich ab und schritten den Altar umkreisend gen Bernd. Es war seine Frau, die sich neben ihm positionierte, ihm in seiner schwersten Stunde beizustehen versuchte. Sie warf ihm einen zärtlichen Blick zu, umfasste mit der eigenen Hand die seinige und legte die andere auf seinen Rücken, um leichten Druck auszuüben, der ihn schließlich wieder aufbaute, ihn den Kopf heben ließ und seinen Blick schärfte, ihm die Tränen wegnahm. Er kämpfte, sammelte sich, wagte einen erneuten Versuch und öffnete seinen Mund, aus dem schließlich Worte flossen.

Ich nahm nicht viel aus der Rede meines Bruders mit, war zu sehr mit der Veränderung beschäftigt, die er hinsichtlich seines Zusammenbruchs durchgemacht hatte. Ich empfand eine plötzliche Zuneigung zu ihm, der für mich immer nur eine Konkurrenz um die Aufmerksamkeit meiner Eltern dargestellt hatte, die er zumeist für sich gewonnen hatte. Plötzlich hatte er etwas Menschliches an sich, hatte so ganz offensichtlich auch Leid empfunden, obwohl er immer den Anschein erweckt hatte, keine negativen Gefühle zu empfinden, stets nur Freude und Glück in die Welt zu setzten und auch nur diese beiden Emotionen zurückzuerhalten. Ausgewogen, bestimmt, selbstbewusst. Diese Adjektive hatten ihn stets am besten beschrieben, aber auch umsichtig und liebevoll gegenüber seiner engsten Familie. Nun erhaschte ich einen Blick auf eine neu erwachte Seite meines Bruders, er war auch verletzlich, fragil, ein Leidender, wie ich selbst. Interessiert beobachtete ich jede Geste Bernds, meines neu erwachten Bruders, jeden Blick, den er auf sein Publikum richtete, jede Regung, die er sich zu zeigen erlaubte. Mochte seine Stimme auch während seiner Ansprache zunehmend an Sicherheit gewinnen, so offenbarten seine verkrampft verschränkten Hände tiefliegende Wunden. Immer verwinkelter zog er sie zusammen, wie einen Schraubstock, bis sich tiefrote Linien auf seine Handrücken abmalten. Während alledem kletterte sein Blick über die Reihen, versucht, in klassischer Rednermanier alle Teilnehmer zu durchdringen, tatsächlich machte es aber vielmehr den Eindruck, als würde er nach einer Person suchen, die ihm Halt geben konnte, einer, die ihm versichern würde, er werde die ungewohnt hässliche Gefühlswelt, die er anscheinend gerade durchmachen musste, überkommen und wieder ganz der alte, glückliche Familienvater werden, der sein Leben voll und ganz im Griff hatte. Mehrmals schwand sein Blick in die Höhe, verlor sich in der kunstvoll bemalten Decke der kleinen Kirche, malte die Linien der alten Balken nach, unbemerkt von den anderen Zuhörern, die seinen Worten lauschten. Während dieser flüchtigen Augenblicke stand das Wasser tief in Bernds Augen, er sah hilflos gen Himmel, auf der Suche nach seiner geliebten Mutter, die ihn nicht vernehmen konnte. Die Ansprache dauerte lang, Bernds Lippen bewegten sich unaufhörlich, gossen einen Schwall an Erinnerungen über der Gemeinde aus. Die meisten von ihnen waren schöner Natur, Momente des gemeinsamen Seins, Schilderungen einer Liebe, wie es sie nur zwischen einer Mutter und ihrem Sohn gibt. Doch gewohnt realitätsnah zeichnete mein Bruder auch schwere Zeiten auf, die gemeinsam überstanden worden waren, Konflikte die viribus unitits gelöst worden waren. Er erzählte von jenem Tag, da unsere Hasen verstorben waren, beide gleichzeitig, bis zum heutigen Tag war mir dieser unglaubliche Zufall nie aufgefallen. Bernd und ich waren am Boden zerstört, hatten die Tiere doch den größten Teil unserer jungen Jahre miterlebt, waren zu Spielgenossen und Freunden geworden. An jenem Tag kam Mutter in unser Zimmer, wir spielten gerade eines unserer zahlreichen Spiele, bei denen Bernd, der Ritter, mich aus einem Gefängnis befreite, ich also unter dem Tisch saß und seit einer knappen Stunde still auf meine Rettung wartete, während Bernd gegen böse Drachen und feindliche Heerscharen ankämpfte. Ich erblickte Mutter also zuerst, sie kam mit traurigem Blick in den Raum, schaute mir einige Momente in die Augen und beobachtete dann mit dem Anflug eines Lächelns Bernd, der – das imaginäre Schwert in seinen Händen – wild in der Luft fuchtelte und ganz im Spiel aufging. Schließlich saßen wir alle zu dritt am Boden des Zimmers, auf dem weichen Teppich, auf dem all unsere Spiele ausgebreitet waren. Mutter nahm uns beide an den Händen und überbrachte uns die schlechte Nachricht. Mit unseren drei und sechs Jahren das erste Mal mit dem Tod konfrontiert, brauchten wir eine Weile, um zu verstehen, was vorgefallen war und warum unsere geliebten Wegbegleiter keine Kunststücke mehr machen und nicht mehr mit uns in ferne Welten reisen konnten. Beide saßen wir weinend neben Mutter, die ihre Arme liebevoll um uns gelegt hatte.

„Dann stellte mein kleiner Bruder eine Frage, die mir immer in Erinnerung bleiben wird. Ich kann mich noch genau daran erinnern…" Bernds direkter Blick in meine Augen weckte mich aus meinen Gedanken an unsere Hasen, unsere Kindheit und Mutter, die sich sorgsam um uns gekümmert hatte. Bernd suchte nach meinem verstärkenden Blick, nach einem Anzeichen innerer Regung. Kurze Zeit hielten wir uns, durch unsere Blicke verständigten wir uns, dann fuhr er mit einem melancholischen Lächeln fort: Mein kleiner Bruder sagte also: „Eines Tages werden wir unsere Hasen wieder sehen, richtig Mutter? Und eines Tages werden wir alle wieder zusammen wohnen im Himmel. Und dort werden wir glücklich sein. Alle werden wir dort eine Familie sein."

Bei diesen Worten erstarrte ich. Es war als hätte mich jemand eine Klippe hinabgestoßen, ich steuerte im freien Fall dem Boden zu, schwerelos. Mein Herz pumpte immer schneller Blut durch meine Adern, mein Kopf begann sich zu drehen, der Magen zog sich zu einem winzigen, Metall gefüllten Ball zusammen, der in meinem Inneren auf und ab hüpfte und mir die ganze Luft nahm. Ich saß dort, in der Kapelle, von jedem Ton und jedem Farbeindruck befreit, reduziert auf eine einzige Dimension und dennoch war mein Geist überfordert mit den Emotionen, die auf mich einprasselten, wie ein Hagelsturm im Hochsommer. Meine Hände zitterten, der Kopf drehte sich, alles brach vor mir in sich zusammen. Alle Kindheitserinnerungen stürzten gleichzeitig über mich herein, jede einzelne von ihnen Puzzleteil eines größeren Bildes, das meine Familie mir vorgelegt hatte, das ich ihnen mein ganzes Leben hindurch abgekauft hatte, wie ein Naiver dem Schwindler. Die Ecken und Kanten der Puzzlesteine fügten sich perfekt zusammen zur Illusion der Wahrheit, die ich so lange ohne Einwände hingenommen, von der ich Teile selbst erdacht, Teile übernommen hatte, ohne deren Richtigkeit zu hinterfragen. Alles strömte auf mich ein. Das Mal, als

Bernd eine Tasse hatte fallen lassen und mich vor Mutter dafür verantwortlich machte – ich ertrug die Demütigung stumm. Der Tag, an dem ich mit einem blauen Auge aus der Schule nach Hause kam, den Schulranzen über der Schulter, der mit der schwarzen Schrift *Ich bin ein schweigendes Lamm* beschmiert war, Mutter, die mich mit gebrochener Stimme immer und immer wieder um Erklärung bat, schließlich weinend aus dem Zimmer ging und die Tür schmerzerfüllt hinter sich schloss. Ich, wie ich während des allgemeinen Chorus zum Semesteranfang des Schuljahres schweigend in der Menge stand und Höllenqualen zu ertragen hatte. Und über allem meine Worte, „Alle werden wir dort eine Familie sein."

Fünfzehn Jahre Schweigen gegen einen Moment der Trauer, gegen eine Frage.

VIII

Das Abbild der Welt auf Krepppapier.
Fasern von blutiger Wahrheit, zieh'
mich nicht aus!

Aus dem Radio Radetzkymarsch
Deutschland ist frei, Adele küsst
mich nie mehr.

Der gelbe Löwenzahn versperrt mir
die Sicht auf die barbusige Frau.
Sie ist weg.

Efeu wächst immer nach unten, die

schwarze Farbe malt grüne Ferkel
auf die Couch.

Was sitzt du noch hier auf dem Balkon?
Erstes Mal den Stummfilm im Kino
vernommen.

Ich erkannte mich selbst nicht mehr. Was tun, wenn die eigene Geschichte auf den Kopf gestellt wird? Nicht wissend, nicht erkennend, was Wahrheit war und was Lüge, saß ich auf der harten Holzbank der Kapelle, meiner Identität beraubt von niemand geringeren, als meiner eigenen Familie. Das Wort war mir nun endgültig genommen worden, die klare Sicht gehörte einer wirren Vergangenheit an, mein Körper war die einzige Konstante, auf die ebenso wenig Verlass war. Ich wurde in einen Kokon aus Zweifel und Selbstverkenntnis gesogen, bis ich schließlich von bauschigen Seidenwänden umgeben war, die mein Leid in sich aufnahmen.

Allzu lange war mir jedoch keine Ruhe vergönnt. Meine Sinne, deren Ausprägung ich beraubt worden war, zwangen mich zurück in die Realität, die Ohren öffneten sich, die Nase, der Mund, ich spürte wieder Lindas Wärme neben mir und die Blicke der anderen, bemüht unauffällig, stechend auf mir. Bernd redete noch immer, er versuchte Mutter in Worten zu beschreiben, nachdem die Geschichten offensichtlich nicht geholfen hatten. Sie sei eine Kämpferin gewesen, eine tapfere Frau und gute Mutter, hilfsbereit, stets besorgt um die Gefühle anderer. Ein bitteres Lachen blieb mir im Hals stecken, versauerte meine Kehle und vergiftete meinen Speichel, der mir links und rechts aus dem gelähmten Mund rann. Sie hat so viel Liebe in diese Welt gesetzt, ich bin ihr auf ewig dankbar. Bernd kämpfte abermals mit dem Zusammenbruch, doch diesmal kam ihm seine Frau schneller zu Hilfe, stützte und beruhigte ihn. Dann gingen die beiden langsamen Schrittes den Gang entlang zu ihren Plätzen, Bernd tränenüberströmt, seine Frau mit einer bizarren Mischung aus Stolz und Besorgnis im Blick. Der Herr Pfarrer erhob sich, ging ein paar Schritte zum Pult und bedankte sich bei Bernd für die herzergreifende Ansprache, während er den Blick wie zu einer Frage auf mir ruhen ließ. Sichtlich gefangen in einem Zwist der Entscheidung, versuchte er, mich zu durchdringen, meine Sehnsüchte und Wünsche zu erkunden, doch sein Herr hatte ihm diese Gabe anscheinend nicht vermacht. Jedenfalls redete er einige Minuten um den kochend heißen Brei herum, rühmte den, der für seine Mutter im Himmel bete, denn Gott werde es ihm gütig vergelten, pries den Vater, den Sohn und den heiligen Geist, der in solch einer schweren Stunde unter uns weile und die Gemeinschaft stärke und Maria, die unbefleckte Jungfrau, die durch den heiligen Geist empfangen sei und so weiter und so fort. Schließlich liefen ihm die Worte aus und mit einem letzten, beinahe schon verzweifelten Blick, den er nun fragend Linda zuwarf, kündigte er an, dass der jüngere Sohn nun noch ein paar Worte an die Trauergemeinde richten werde. Zu jedem anderen Zeitpunkt meines Lebens hätte mich allein der Gedanke an eine solche Ansprache die Füße in die Hände nehmen lassen, in Panik wäre ich geflüchtet, hätte im Laufschritt das Weite gesucht. Doch nach Bernds Ansprache, nachdem er jede Kindheitserinnerung meiner hatte aufleben lassen und alle Emotionen zugleich auf mich eingeströmt waren, fühlte ich mich gänzlich leer von jeglichen Einflüssen, weder Angst noch Freude, Gier oder Gram konnten mich noch vereinnahmen und also raffte ich das letzte Kraftbündel, welches mir noch zur Verfügung stand, zusammen, stand auf und ging mit wackeligen Beinen in Richtung des bedrohlich wachsenden Ambos. Die Strecke dorthin fühlte sich an wie der Weg zum letzten Gericht, bleierne Gewichte legten sich auf meine Schultern, drückten mein Haupt nach unten und erschwerten jeden Schritt. Schließlich stand ich nach meinem Jahrhundertmarsch hinter dem Steinkubus und schaute leeren Blickes in die Gemeinde vor mir. Einmal in der Position, anderen in die Augen zu sehen, ohne auch nur einen Anflug von Schmerz oder Scham zu empfinden, nutzte ich die Gelegenheit, die Gefühlswelten anderer zu erkunden. Ich begann sogar, das Amt des Priesters als ein Spannendes zu erkennen, offenbarte sich ihm doch jeden Sonntag ein Abbild der Welt, welches anderen gänzlich verschlossen blieb. Nirgendwo sonst als in der Kirche wagten die Menschen, ihre wahren Gefühle unverdeckt auf ihren Gesichtern ruhen zu lassen – wer sollte sie denn sehen können, außer Gott und sein Diener? Nun bekam auch ich sie zu sehen. Ich beobachtete schweigend Linda, die versuchte, all ihre Kraft und Unterstützung in einen Blick zu legen. Tiefgreifende Liebe sprach aus ihrer Haltung, sie war leicht nach vorne gebeugt, hatte den Kopf geneigt, die Hände im Gebet verschlossen, während ihr Gesicht in höchster Konzentra-tion in meine Richtung gewendet war. Weiter wanderte mein Blick zu meiner Tante und ihrem Mann, deren Köpfe in Gedanken nach unten hingen, die beide genuine Trauer empfanden und sich dabei an den Händen hielten, um sich zu stütztzen. Als nächstes nahm ich Mutters Freundinnen wahr, die zwar in Erinnerungen schwelgen mochten und einer längst vergangenen Zeit nachtrauerten, nicht aber der Person selbst. Sie versuchten, sich gegenseitiges Leid um das allzu kurze Leben meiner Mutter vorzutäuschen, legten aber keine besonders überzeugenden Auftritte hin. Die teilnahmslos in der Ecke lungernden Kinder nahmen keinen Anteil an der Feier, der Übermut drohte beinahe, mit ihnen durchzugehen so unruhig kauerten sie mit verrenkten Gliedern auf der Bank. Bis zum Schluss hatte ich den Kontakt mit meiner engsten Familie vermieden, doch schließlich streifte mein Blick auch sie, meinen Vater und den Bruder, wie sie neben Bernds Frau saßen, zutiefst erschüttert, die Hände im Schoß zum stillen Gebet gefaltet, den Rücken verkrümmt, als würde der Erdboden sie immer stärker anziehen, um sie in seine unendlichen Tiefen zu verschlucken. Noch waren sie da. Noch empfand ich nichts, meiner eigenen Gefühle beraubt, stand ich vor ihnen in der Unschuld eines Kindes, das der Sprache nicht mächtig war. Dann schauten sie zeitgleich auf, langsam nur hoben sie die Köpfe mit dem fahlen Haarwuchs, der eine beinahe vollständig kahl, der andere mit weiß-braunen Strähnen durchzogen. Den Bruchteil einer Sekunde machte es den Anschein, als wären ihre Gesichter dem meinen schon vollständig zugewandt, nur die Augen waren geschlossen. Schon dachte ich, sie hätten mich von der unangenehmen Peinlichkeit, der bodendurchbrechenden Trauer bewahrt, ihnen in die Augen schauen zu müssen. Doch dann lichtete sich der Nebel des Moments, alle vier Augenlieder hoben sich gleichzeitig. Das dichteste Dunkelblau kämpfte sich durch das Vakuum der verlorenen Kirche und bahnte sich einen Weg in mein Innerstes, mich zu erfassen, die Schlinge des Würgegriffes immer fester zu ziehen und mich von der Gefühlsleere zu befreien. Wie aus einer heißen Quelle strömte jedes jemals empfundene Gefühl tausendfach verstärkt zurück, ummantelte meine Innereien, meinen Geist, meine Seele, fügte ihnen Brandwunden zu, die zu heilen mir unmöglich sein würden. Und immer noch das dunkelste Blau, das mich bis aufs Mark durchdrang. Ein und dasselbe dichte Dunkelblau blickte in meine hellbraunen Augen. Sechs Pupillen, drei Blicke, ein Fremder.

Meine Ohren schlossen sich von der Außenwelt ab und die Augen nahmen nicht mehr das schummrige Licht der Kapelle wahr, sondern die Küche des Elternhauses, das ich vor vielen Jahren verlassen hatte. Mein Körper wurde von einer Gefühlsmischung überschüttet, wie ich sie seit langem nicht mehr so schwer erleiden hatte müssen. Es waren die emotionalen Wendungen und Windungen des Geistes meiner Jugend, die meine Physis wie meine Psyche überforderten. Der Mund war wie von Klebstoff verschlossen, die Lippen lagen unbeweglich aufeinander.

Meine Mutter tauchte im Türrahmen auf, nur mit dem roten Seidennachtmantel mit den weißen Streifen bekleidet, den sie vor Jahren von meinem Vater zum Geburtstag erhalten hatte und den sie seitdem immer im Haus trug – auch wenn Gäste zu Besuch kamen. Eingeengt durch die niedrige Türschwelle sah sie sich in der Zwistsituation wieder, sich entweder meiner Person zu nähern, was mich mit überwiegender Wahrscheinlichkeit für mehrere Stunden verscheucht hätte, oder aber weiterhin gekrümmt in der Tür zu verweilen, die Hüfte an die Innenseite gelehnt, den Kopf schräg gehalten, damit ihre Frisur nicht zerrüttet werden konnte. Sie blieb wie eine Statue stehen, vereist in ihrer Position, die von meinem Standpunkt aus sehr unnatürlich aussah, doch ich war ihr dankbar für den angemessenen Abstand, den sie einhielt. Eine Zeit lang schauten wir beide verlegen in unterschiedliche Richtungen, ich hinunter auf den dunklen Holztisch vor mir, sie aus dem Küchenfenster, das mosaikhaft von Regentropfen durchzogen war, die in unablässigem Wandel langsame Linien gen Boden zeichneten. Mehrmals seufzte meine Mutter, als wollte sie mit ihrem Satz beginnen, doch es folgte eine nur noch aufgeladenere Stille, die langsam aber sicher zu einer unüberwindlichen Hürde für uns beide wurde. Nervös hielt ich mich an meinem Trinkbecher fest, drückte die Zacken am oberen Rand immer tiefer in mein Fleisch, bis sie sich leicht rot färbten, wie die Umrisse eines Berges im Sonnenuntergang. Schließlich befreite Mutter uns beide von der Verlegenheit, die sich im Raum ausgebreitet hatte, machte einen gewagten Schritt aus dem Türrahmen hinaus, ging mit ruhigen Bewegungen zum Tisch und setzte sich gegenüber von mir auf den hölzernen Stuhl. Ein letztes Mal seufzte sie noch, dann machte sie den schwierigen Anfang. Ich weiß, ich habe Fehler gemacht. Ich war dir keine gute Mutter. Pause. Ein leichtes Zittern durchzog ihren Körper. Hoffnungsvoll suchte sie einen Blickaustausch mit mir, mehr konnte sie nicht erwarten, mehr konnte ich ihr nicht geben. Doch selbst dazu konnte ich mich nicht aufraffen, ich sah weiterhin auf das Glas und die roten Linien, die nun immer stärker sichtbar wurden. Es tut weh, dich jeden

Tag mit Verletzungen aus der Schule zurückkommen zu sehen, mit bösen Sprüchen auf deinen Heften und Tinte auf der Uniform. Ich wünschte, du würdest darüber mit mir reden, aber ich weiß, dass das nicht geht. Ich sehe sie trotzdem. Jeden Tag sehe ich deine traurigen Augen. Verzweiflung, manchmal auch ein bisschen Wut, aber immer Enttäuschung. Vielleicht bist du enttäuscht, weil du dir besseres erwartest, weil du ein Optimist bist. Vielleicht. Die Stimme brach ihr ab, das nächste Wort blieb ihr in der Kehle stecken. Stille brach über uns herein. Mutter machte eine kurze Handgeste in meine Richtung, wollte scheinbar die meine ergreifen, aber ich zog die frei liegende Hand vom Tisch, das Glas immer noch fest ins Fleisch gedrückt. Wieder ein tiefer Seufzer. Ich weiß es nicht. Woher soll ich auch wissen? Vielleicht bist du ein Optimist, vielleicht aber auch nicht. Vielleicht bist du ein Tierfreund oder du liebst Musik, was weiß der Himmel! Red' doch endlich mit mir! Wir wissen alle, dass du es kannst. Der Doktor sagt, deine Stimmbänder funktionieren. Du willst nur nicht. Aber du kannst lesen und schreiben, deine Gedichte aus der Schule sind wunderschön. Aber über dich selbst schreibst du nie, ob du Hunger oder Durst hast oder Musik hören willst, alles könntest du aufschreiben, wenn du es schon nicht sagen willst! Aber du tust es nicht. Du willst es uns nicht mitteilen. Das tut weh. Du tust uns allen unheimlich weh. Und wir wissen nicht warum. Jeden Tag, wenn ich aufwache, denke ich mir, vielleicht sagst du heute, was falsch mit dir ist.

Sie redete noch lange weiter, später kamen auch Vater und Bernd in die Küche und redeten auf mich ein. Es war nicht das erste Mal, tausendfach hatte ich sie schon reden hören, alle drei. Doch dieses eine Mal war anders. „Jeden Tag denke ich mir, vielleicht sagst du heute, was falsch mit dir ist." Diese Worte spukten mir im Kopf herum, ließen mich nicht los. Es tat weh. Nie hatte ich die langwierigen Reden meiner Eltern persönlich genommen, sie gehörten zu meinem Alltag dazu, wie die nächtliche Lektüre oder das Waschen in der Früh. Doch diesmal tat es weh. Der eine Satz fraß sich tief in mein Inneres hinein. Was falsch mit dir ist. Falsch. mit. dir. ist. Was war falsch mit mir? Während meine Familie stundenlang bei prasselndem Regen schreiend, flehend oder ironischer Weise durch eine Einhüllung in Schweigen auf mich einredete, grub diese Substanzfrage eine tiefe Kluft in mein Inneres. Irgendwann, als der Regen schon jeglichen Schmutz von den ungeputzten Fenstern gewaschen hatte und mehrere leere Tassen Kaffee verloren am Tisch standen, zeigte der angewachsene Druck, der unsere aufgereizten Gemüter immer enger aneinander presste, seine Wirkung. Plötzlich von einem unerfassbaren und bisher unbekannten Maß an Energie erfasst, sprang ich vom Stuhl auf, der bei dem schlagartigen Energiestoß nach hinten umkippte und mit einem dumpfen Geräusch auf den Boden knallte, was ich jedoch nur als Klang einer fernen Welt registrierte. Jede Faser meines Körpers war wie unter Strom gestellt, das Rückgrat richtete meinen laxen Körper linienförmig nach oben, sodass ich aufrecht in die Höhe ragte. Der folgende Moment dauerte eine Ewigkeit an, streckte sich über Jahre hinweg. In meiner Erinnerung sah ich mich aus der surrealen Position eines Außenstehenden, der die Situation überblickte. So waren wir alle um den kleinen Küchentisch versammelt, auf der einen Seite ich, aufrecht und den ganzen Körper unter

Spannung, auf der anderen Seite meine Familie, in erwartender Spannung am Tisch sitzend. Ihre Blicke voller Hoffnung, der meinige voller Konzentration, starrten wir uns an, wie Fremde, die auf einen schlüssigen Eröffnungssatz einer Konversation warteten, sich aber nicht darüber im Klaren waren, wer das Wort als erstes ergreifen sollte. Wenn ich daran dachte, kam mir die Situation noch immer in ihrer Totalität surreal vor, doch schließlich öffnete mein Double in der Küche zeitlupenartig die Lippen, die jahrelang verschlossen geblieben waren. Die Spannung im Raum nahm ein extremes Ausmaß an, meine Eltern und der Bruder konnten sich kaum noch auf den Stühlen halten, so sehr von langender Hoffnung erfüllt waren sie. Eine unbegreifliche Sehnsucht nach dem gesprochenen Wort übermannte schlagartig meinen zum Zerbersten gespannten Körper, ein Gefühl, dass genauso angsteinflößend wie neuartig für mich war, durchbrach ich doch mit nur einem Wort die Barriere, die mich bis dato von der Welt getrennt hatte. Nur ein einziger Laut würde mich auf immer der Realität verschreiben, es gäbe keinen Ausweg, kein Zurück mehr, nur noch das Wort. Ich war mir in meinem jugendlichen Alter wohl stärker als jeder andere darüber im Klaren, dass Sprache Keile zwischen Menschen treiben konnte. Vielleicht trug dieses Wissen zusätzlich zu meinem Entschluss bei, stumm zu bleiben.

Was war schlimmer als die schlimmste Verletzung, der härteste Schlag auf den Rücken, den ich von meinen Mitmenschen hatte ertragen müssen? Das Wort. Ein böser Satz richtet weit mehr aus, als ein Schlag, denn hinter dem Schlag stehen aufgekochte Emotionen, die nach dem physischen Akt ihre Bedeutung verlieren, hinter dem Wort jedoch steht ein Gedanke, der sich zumeist auf ewig festsetzt. Unsere innersten Gedanken sind glücklicherweise niemand anderem zugänglich, doch das Wort lässt sich, einmal ausgesprochen, nicht wieder zurücknehmen, bis es sich schließlich auch in den Gedanken anderer festsetzt. Ein böser Satz ist unauslöschbar, er bleibt bei uns für immer, bis ins Grab. Umso mehr Druck lag auf meinem ersten Wort. Mein Körper zuckte, die Hände zitterten und eine Anspannung machte sich in mir breit, die jede einzelne Faser meines Körpers ergriff, bis ich in Ekstase hinter dem Küchentisch stand. Vor meinen Augen ergraute die Welt, alle Farben zogen sich ins Innerste zurück, um meinem Körper die Energie zu ersparen, die vollkommene Geilheit der Welt verarbeiten zu müssen. Schwindel, gepaart mit einer umgedrehten Magengrube, vermochten die Situation nicht gerade zu verbessern, ebenso wenig die Blicke meines Gegenübers: Aufgereiht, wie ein Schwarm zu verköstigender Vogelkinder in ihrem Nest, den Blick erwartend nach oben gerichtet, saßen sie da, ohne sich der Gewichtigkeit der Lage als Ganzes bewusst zu sein.

Was ich zu dem Zeitpunkt nicht realisierte: Ich war die Katze. Dabei handelte es sich nicht um das beliebte Haustier, das mir aufgrund der langen Krallen und blitzenden Augen, die sogar zu tiefster Nacht noch als Leuchten benutzt werden konnten, stets Angst bereitet hatte. Es handelte sich um Schrödingers Katze, einem Gedankenexperiment, das mir bis dato nur vage aus dem Physikunterricht bekannt war, dessen Ausmaße für das reale Leben mir aber nie bewusst geworden waren. Die Katze des werten Herrn Schrödinger saß also in einer

Kiste, die aus Gründen der Ethik und zur korrekten Durchführung des Experimentes, mit Luftlöchern versetzt war, die jedoch so winzig waren, dass kein Mensch durch sie hindurch auf die Katze sehen konnte. Auch befindlich in der Kiste und diesmal weniger auf die animale Gefühlswelt des Versuchskaninchens, der Katze also, bedacht, war eine radioaktive Flüssigkeit, die im Laufe der Zeit immer mehr schädliche Strahlung aussetzte. Niemandem war bekannt, wann die Flüssigkeit zur Gänze zerfallen würde und niemand wusste, wann ein bestimmtes Partikel zerfallen würde. Ich erinnere mich vage an meinen Professor aus ferner Zeit, der eine Unterrichtseinheit in ihrer vollen Länge genutzt hatte, um uns den beeindruckenden Zufall zu erklären, der der Natur scheinbar eingeschrieben worden war. Philosophierend schritt er umher, verloren in diesem verblüffenden „inconstantia naturae", wie er es leidenschaftlich auszu-drücken pflegte. Die ganze Zeit hindurch war der Zustand der Katze unsicher, sie mochte sowohl tot als auch lebendig sein, niemand vermochte es zu erraten, solange die Kiste verschlossen blieb. Doch sobald man sie öffnete zerstörte man den Moment des wunderbaren Überlappungszustandes, in dem sowohl das eine als auch das andere möglich war. Ich war also diese Katze, die scheinbar lebendig und tot gleichzeitig war. Was mir zu dem Zeitpunkt niemals aufgefallen war, war die Tatsache, dass die Katze selbst einen Ausweg aus dem bizarren Dilemma finden konnte. Falls sie lebte, musste sie nur einmal Miau machen und schon wusste ein jeder über ihre Lage Bescheid. Wenn ich also meinen Mund öffnete und einen Laut, irgendeinen nur, von mir gab, gehörte ich den Lebendigen an, verblieb ich in stummer Einsamkeit, ließ ich meine Mitmenschen im

Dunkeln über meinen Zustand, der sowohl lebendig als auch tot sein mochte.

IX

Des Lebens Verdruss
vermag nur der Tod
aufs Äußerste zu
verstehen. Zu spät
ist's dann und dunkel,
denn er bringt die Nacht.

Doch die Angst vor'm Tod
kennt nur das Leben,
das geliebte Joch,
das wir tragen mit
Tränen und dem Wunsch
nach Ablass auf Zeit.

Die Lust zu leben
rastet vor der Tür
der Lebenslust, seufzt
den Kummer hinfort,
den Rum im Gepäck,
das Messer im Bauch.

Die Gier, dem Tod die Hand
zu küssen, die Süße,
sitzt im Vorzimmer
der Sünde, die ihn
herbeiruft ganz leis'.
Jetzt ist's da, mein End'.

Meine Stimmbänder in Schwung zu bringen, mochte zwar keine physische Unmöglichkeit darstellen, wie der Herr Doktor meiner besorgten Mutter mehrmals versichert hatte, doch den mentalen Befehl dazu umzusetzen, war keine Leichtigkeit. Jahrelang hatte ich eine solche mentale Aufforderung nicht zugelassen, war meiner eigenen, härtesten Zensur unterlegen, die keinem meiner Gedanken die Schwelle der Außenwelt zu überschreiten bescheinigte. Tatsächlich stellte jene selbstauferlegte Zensur eine der Gründe dar, warum ich mein aufgereihtes Gegenüber derart lange auf ein Lebenszeichen warten ließ. So stand ich nun – die Anstrengung deutlich ins Gesicht geschrieben – in der Küche, bemüht meine Stimmbänder ins Schwingen zu bringen. Schließlich wurde ich Zeuge eines unerklärlichen Ereignisses im Inneren meines Körpers, an das ich selbst schon zu hoffen aufgegeben hatte: Ein Laut arbeitete sich in Zeitlupe meine Kehle hinauf, reizte meine Luftröhre und überschritt die Schwelle meines Mundes, sodass sich sein Geschmack mir eröffnete, an dem ich solange wie möglich kosten wollte. Jede Ecke und jeder Winkel meines Mundes wurden von dem ungewohnten Laut erfüllt, dessen Schwingungen ich andächtig auskostete, doch schließlich musste ich ihn freilassen und ausschicken in die Welt, wo er sich verbreitete. Ich war also ein Lebendiger und alle um die Kiste stehenden Schaulustigen wussten darüber Bescheid.

„Nichts."

Ganz leise huschte mir das Wort über die Lippen, so zart, dass ich mir nicht ganz sicher war, es tatsächlich ausgesprochen zu haben. Der Drall, der mir im Mund so wuchtig vorgekommen war, die tiefe Männerstimme, die ich mir erwartet hatte, die harte und raue, all dies waren Hoffnungen, die unerfüllt bleiben sollten. Sobald meinem Mund das Wort entflog, hörte es sich lächerlich an, geradezu kleinlich mit einer hellen Stimme, der anzumerken war, dass sie noch nie zuvor erschallt war. Voller Scham stand ich in der Küche und wartete eine scheinbare Ewigkeit darauf, dass der Schall die Ohren meiner Eltern und des Bruders erreichen mochten. Eine weitere Ewigkeit dauerte es, bis er nicht nur physisch, sondern auch mental von meinem Gegenüber erschlossen wurde, das offensichtlich aus Furcht, die Situation zu verschlimmern, um eine Reaktion verlegen war. Ihre Blicke sagten alles. Aus ihnen sprang Enttäuschung und Verzweiflung, gepaart mit einem Anflug von Wut. Konnte man es ihnen verübeln? Im wenig zarten Alter von 15 Jahren sprach ich mein erstes Wort und bestätigte damit meine Anteilnahme an dieser Welt. Doch der lang erhoffte erste Laut, der meine Lippen verließ, war „Nichts". Ich wusste nicht, ob meine Familie sich einen Freudengesang, ein Gedicht der Anerkennung oder schlicht den Ausdruck eines Bedürfnisses erwartet hatten, offensichtlich war jedoch ihre Abneigung gegenüber dem, was ich tatsächlich ausgedrückt hatte, nämlich meine Ablehnung gegenüber alledem, was ich all die Jahre erlebt hatte, die buchstäbliche Nivellierung der Welt. Was mich selbst betraf stand ich meiner ersten Äußerung gemischter Gefühle gegenüber. Einerseits war mein „Nichts" die Antwort auf Mutters Frage, was falsch mit mir sei. Wohl wissend, dass es eine rhetorische, in der Hitze des Moments herausgerutschte Frage war, bedeutete mir deren Beantwortung dennoch derart viel, dass ich dem jahrelangen Schweigen ein Ende setzte. Andererseits drückte es tatsächlich eine Art Missfallensäußerung aus – gegen alles bisher Erlebte, gegen die Welt, wie ich sie wahrnahm und die Menschen in ihr.

Bei dem Gedanken an jenen Tag, an dem das erste Wort meine Lippen verließ, schüttelte es mich. Es war ein unbeschreiblich schönes Gefühl gewesen, sich auszudrücken, auszusprechen, was man empfand und es in die Welt zu setzten, damit es auf seltsame Weise mit den übrigen Teilnehmern geteilt wurde. Von jenem Tag an genoss ich das Wort, sprach meine Sätze stets artikuliert aus, wählte präzise Ausdrücke für meine Botschaften aus und fand Freude daran, stundenlang an meinen Sätzen zu basteln. Ich besaß wohl wie kein anderer nach Jahren des Schweigens die Gabe, meine Worte besonnen zu wählen. Keine Stille der Welt konnte mich verlegen machen, kein Geschrei oder Gezeter aus dem Konzept bringen, ich war in meinem Element. Das Schreiben entdeckte ich erst mit Linda, doch die Liebe für die gesprochene Sprache schon ab dem ersten Moment, da ich jenes Neuland betrat. Dennoch hielten sich meine Äußerungen in Grenzen, ich drücke stets nur das wichtigste aus, die übrige Zeit verbrachte ich immer noch schweigend. Ich wollte meine neue Liebe nicht verunstalten, die Worte nur einsetzten, wenn sie tatsächlich benötigt wurden und es sodann auf eine Weise tun, die ihnen würdig war. Ich wählte meine Worte stets mit Bedacht und der Situation angemessen. Ich kostete sie, schwenkte sie im Mund umher wie einen frischen Wein, testete ihren Geschmack, ihren Klang, die Farbe und schließlich die Reaktion der Menschen, die sie vernahmen. Mir wurde, mehr als zuvor, bewusst, wie sehr Worte einen Raum verändern konnten. Da gab es die leisen, flüchtigen, die sich wie Passanten zwischen Menschen stellten und ihnen die Sicht aufeinander versperrten; dann die aufgebläht lauten, die, wie beim Paukenschlag von Haydns Vierundneunzigster, alle Umstehenden erschreckten und für kurze Zeit in eine Schockstarre versetzten, während derer sie sich feindlich anstarrten, nur um danach wieder in alter Manier, höflich kühl fortzufahren. Den mageren Schluss bildeten die raren Versöhnungsworte: Jene Sternschnuppen am Sprachhimmel waren selten und umso kostbarer, vermochten sie doch Menschen brüderlich zu einen und unter einem Himmel an gegenseitigem Verständnis zu verbinden. Jene beinahe ausgestorbene Sorte wollte ich wiederbeleben, das war ich all jenen schuldig, denen ich jahrelang den Austausch verwehrt hatte. Dies sollte sich nicht leicht gestalten, doch mit unglaublicher Hingabe widmete ich mich nach einem Leben des Schweigens der gesprochenen Sprache. Von dem Zeitpunkt an machte mein Leben Kehrtwende. Zu Hause wurde ich wie ein lang verlorener Sohn aufgenommen, geliebt und genährt, als wäre es der erste gemeinsame Tag. Lange Stunden saßen wir in der Küche, alle vier, wie eine echte Familie redeten und lachten wir bis spät in die Nacht hinein. Auch meine Noten in der Schule begannen sich schlagartig zu verbessern, nachdem es mir möglich war, mich nicht nur schriftlich, sondern nun auch mündlich zu verständigen. Rund um mich herum schien ein generelles Aufatmen stattzufinden, man war erleichtert, mich in der Welt der Lebendigen aufnehmen zu können und froh, mich derart erfüllt zu sehen von der Sprache, die mir schließlich geschenkt worden war. Dies alles fand sein abruptes

Ende, als meine Eltern in der Küche stritten, als ich mich wie paralysiert in meinem Bett wieder fand mit meinem Bruder Bernd, der normalerweise einen kühlen Abstand zu mir hegte und als wir lautes Klatschen aus der Küche vernahmen. Von jenem Tag an verstummte ich erneut für eine lange Zeit. Über Monate hinweg verfiel ich wieder der Stille, versenkte mich in meine altbekannte Grube, aus der ich alles beobachten, jedoch nicht agieren konnte. Ich litt unter dem zerbrochenen ehelichen Haus, das meine Eltern zwar noch teilten, jedoch unter sichtlicher Kälte. Die Abende des gemeinsamen Essens, Lachens und Redens waren so plötzlich vorbei, wie sie angefangen hatten, jeder nahm nun seine Mahlzeit alleine, schweigend und gehetzt ein, um den Kontakt mit den anderen zu vermeiden. Irgendwann hatte mein Vater meiner Mutter verziehen. Obwohl sie hierarchisch immer noch unter ihm stand und ihm niemals dieselben Gefühle entgegenbrachte wie er ihr, so brauchte sie ihn doch und also lernten sie, wieder miteinander zu leben – mein Vater aus Liebe, meine Mutter aus Angst. Irgendwann hatte sich die Lage beruhigt, wir verstanden einander wieder und Normalität kehrte ein. Wir redeten von neuem miteinander, speisten gemeinsam und fragten uns gegenseitig interessiert über Neuigkeiten aus. Doch es war anders, etwas hatte sich verändert. Vor die familiäre Liebe hatte sich abgekühltes Interesse geschoben. Ich redete wieder, diesmal anders jedoch, ich verhedderte mich in den eigenen Worten, fand sie unförmig und grob. Ein ganzes Feld unpassender Phrasen, abgenutzter Sätze und falscher Aussagen lag vor mir und ich drohte, unter dessen schierem Ausmaß erneut einzuknicken. Meine Liebe zur Sprache war verloren gegangen. Dennoch hielt ich der Wucht meiner Überforderung stand, bis es mir leichter fiel, mich auszudrücken und mit meiner Umwelt zu kommunizieren. All das hatte ich mir selbst zu verdanken, meinem kühnen Moment damals in der Küche, umringt von meiner gespannt lauschenden Familie.

Nun, nachdem ich die rührende Rede meines Bruders gehört hatte, musste ich an alledem zweifeln. Das, was ich als mein erstes Wort angenommen hatte, an das ich mich so deutlich in jedem Detail erinnern konnte, war mir genommen worden. Gestochen klar sah ich mich noch hinter dem großen Holztisch stehen, umringt von den dreien, die so gebannt, fast erstarrt, meiner erstmals erklingenden Stimme lauschten. Ich fühlte die Emotionen noch, die mich damals schlagartig überschütteten und hörte den Klang meiner eigenen, fremd ertönenden Stimme. Sollte dies alles eine Lüge, eine Täuschung gewesen sein? Oder hatte Bernd die Geschichte mit den Hasen erfunden, mich als einen dargestellt, der die Worte immer schon in den Mund gelegt bekommen hatte? War ich auch ihm eine Peinlichkeit? Oder war es ich, der in sich selbst ein Trugbild sah?

Ich stand vor dem Rednerpult, erstarrt, verstummt, nicht ein einziger Laut wollte meine Lippen verlassen, kein Gedanke meinen Kopf durchfluten. Es herrschte eine absolute, undurchbrechliche Stille, die sich langsam aber sicher den Gang der Kirche bis zur schweren Holztür entlangarbeitete. Alle litten wir gemeinsam an einem unerklärlichen Druck, der auf unseren Schultern lag und uns gen Boden zog.

Irgendwann aber wurden wir alle vom Läuten der Kirchenglocken erlöst. Ich schritt wieder zurück an meinen Platz und der Pfarrer fuhr mit der Messe fort als wäre nichts geschehen.

X

Eisig kalte Luft auf der Haut, dimm leuchtendes Licht in der Luft, metallische Klänge im Ohr. Alle standen wir in dem winzigen Altarraum, schmerzhaft an den Händen verbunden. Lippen bewegten sich unter hoher Anstrengung, aus fratzenhaften Mündern traten verschlungene Töne hervor, verzerrt bemühte Klänge taten sich bei der Vereinigung hörbar schwer. Die Menschen standen in

einem Kreis um den steinernen Altar, dem aus vorgetäuschter Bescheidenheit das Tischtuch verwehrt geblieben war. Einige richteten ihre gesamte Aufmerksamkeit auf die Lieder, die in geheucheltem Gemein-schaftssinn rezitiert wurden, andere befanden sich in

einem Zustand tiefster Innenschau, die von Trauer und Selbstreflexion geprägt sein mochte, sich aber jedenfalls durch eine weit weniger inbrünstige Tonlage sowie hie und da geschlossenen Augenliedern bemerkbar machte. Verlassen von jeglicher Form der Empathie blickte ich allen Anwesenden tief ins Gesicht, musterte sie eindringlich und versuchte, sie zu lesen. Langsam mischte sich der Überzahl an Sinnesimpressionen eine weitere, besonders pikante hinzu: der Geruch von Angst und Schweiß, der so unverkennbar die kühle, klare Kirchenluft erfüllte, sich langsam über den ganzen Altarraum ausbreitete und sich nicht mehr aus meinen

Gedanken waschen ließ. Er brannte sich in meinen Geist, formte meine Innenwelt wie ein Eisen im Feuer, ließ mich nicht mehr los, bis alles überschwappte. Ein Blick in die Runde der betenden Menschen, der Pfarrer mit erhobenen Armen und geschlossenen Augen in der Mitte, ringsherum inbrünstig Betende, neben schweigsam Zurückgezogenen, gab der unaufhaltsam schneller werdenden Rotation meiner Welt den alles vernichtenden Stoß, durch den sie in sich selbst zusammenbrach. Von einem Moment auf den nächsten stellte mein Körper seine Funktionen ein, nur noch das Atmen war mir unter höchster Anstrengung möglich. Es war, als hätte eine höhere Macht mir einen schweren Balken ins Blickfeld geschoben, der es mir unmöglich machte, meine Umgebung zu erschließen. Die Sicht war ungestört, doch die beiden Bilder oberhalb und unterhalb des schweren Balkens ließen sich unmöglich aneinanderfügen, sodass mir meine Umwelt eine sagenhaft neue war. Zum ersten Mal stand ich in jener winzigen, barocken Kapelle, umringt von Gesichtern, die ich mein Lebtag noch nicht gesehen hatte, wurde an den Händen genommen von fremden Mächten, anziehend und abstoßend zugleich und stand auf Beinen, die mich noch nie zu tragen vermocht hatten. Wie ein Neugeborenes wurde ich heimgesucht von den schreienden Farben dieser Welt, den alles überdeckenden Geräuschen, die es mir unmöglich machten, das eigene Innere zu verstehen. Ich wollte schreien, brüllen wollte ich in dieses Chaos, das meine neue Welt war, doch meine Stimmbänder versagten. Ich wollte laufen, rennen wollte ich in eine andere, die mir nicht beschert war. Einzig der Geruch blieb, der mir bekannt war aus den Tiefen meiner Seele. Der Geruch nach Angst.

XI

Selbsterkennen,
nicht mehr stemmen,
mit dem Trennen
abwärts rennen.

Gedankenlauf
durch Feuertauf',
die Sünd' zuhauf
nehm' ich in Kauf.

Den Ängsten Knecht,
zieh' ins Gefecht!
Des Menschen Recht
erkennt sich schlecht.

Was macht einen Moment zu einer Impression? Die spezifische Perspektive des Betrachters? Ein Moment ist für jeden derselbe, er ist entweder ein Zeitpunkt oder eine kurze Zeitspanne. Die Impression eines Momentes jedoch kann für unterschiedliche Beobachter eine ganz andere sein. Ein Moment ist vergänglich, eine Impression kann bis zum Tod bestehen. Eine Impression ist eingebettet in unsere Erfahrungen, sie schließt sich hunderttausend anderen ihrer Art an, bettet sich in eine Geschichte ein, die wir über uns selbst erzählen, die jedoch nur fragmentarische Abschnitte festhält, während der Großteil unserer Erfahrungswelt verloren geht. Doch was würde geschehen, wenn wir nur noch in Momenten dächten, nicht in Impressionen, wenn wir – wie ein lebloses Wesen – die Zeit interpretationslos an uns vorbeirauschen ließen? Unsere vorgegaukelte Geschichte, unsere klare Sicht auf die eigene Person würde in einem Schwall lose aneinandergereihter Momentaufnahmen untergehen, die vor dem inneren Auge vorbeirasen.

Alles war vergessen. Ich erkannte mich nicht wieder, da mir nicht bewusst war, wer ich gewesen war. Wo war ich? Warum war ich hier? Mit wem war ich hier und wie lange schon? Ich hatte nur den Moment. In eine Runde fremder Gesichter blickend, nahm ich durch den verstärkten Geruchssinn allein meine Angst wahr. Sie lag tief. Sie war scheinbar verwachsen mit dem Innersten meiner Person, von der ich darüber hinaus alles vergessen hatte. Ich war ein Entwurzelter, hatte keinerlei Erinnerung, keine Gewohnheiten, jegliches Gespür für den eigenen Körper war mir verloren gegangen. Das einzig wahre Gefühl neben der alles umfassenden Angst war das der Einsamkeit. Ich war mit niemandem verbunden, nicht einmal mit mir selbst. Eiskalter Schweiß lief mir den Rücken herunter, die Hände, deren Gefühl ich erst jetzt richtig wahrnahm, zitterten stark. Die beiden Personen zu meiner Seite hatten aus Rücksicht meine Handflächen von den ihren befreit, machten aber darüber hinaus nicht den Anschein, meinen Zustand wahrzunehmen. Meine Unsicherheit wuchs mit jeder Sekunde stärker an, ich befand mich in einem Zustand des Identitätszweifels, der Dissonanz der innerlichen Harmonien. Mein Umfeld verstärkte die Situation: der Pfarrer mit seinen Handwürfen in unergründbare Höhen, die junge Frau, die ihre Lippen sanft mit den Zeilen des Chores mitbewegte, während sie mich aus dem Blick ihrer tiefblauen Augen kaum losließ, zwei Männer, der eine jung, der andere deutlich älter, die sich in sichtlicher Vertraulichkeit an den Händen hielten, erfüllt von gegenseitiger Liebe, die mir die Magengrube aushöhlte, das Herz für eine Sekunde zum Stillstand brachte und das Blut in meinen Adern gefrieren ließen. Es war als hätte mir eine höhere Macht einen Schlag verpasst, unter dem mein Geist zusammensackte und mein Inneres sich zusammenzog, bevor sich alles um mich herum, jedes Gefühl, die unsichtbaren Bande der Menschen in meiner unmittelbaren Umgebung, alle Liebsamkeit in diesem Leben vervielfachte. Aus einer zart singenden Geige wurde ein unübersehbares Orchester, das mit jeder Sekunde an Gewaltigkeit zunahm, den Saal erschwingen ließ, bis der Druck der Wellen mich mitnahm.

Was als nächstes geschah, ließ mich bei einer nachträglichen Reflexion der Ereignisse über das erschrecken, was Menschen den „Lauf der Dinge" nannten. Die allgemeine Hoffnung war, dass es eine Erzählweise gab, mit der man die Welt beschreiben, ja erklären konnte. Der Fehler war, dass das, was wir als Welt wahrnahmen, für jedes Individuum aus einer Perspektive wahrgenommen wurde, die sich durch einen großen toten Winkel auszeichnete: dem Bewusstsein. Das Bewusstsein ist eine zweiseitige Schneide, Freudenschauer und Verdammnis zugleich, bereitet es uns eine Geschichte auf, die allein für die eine Person einen tieferen Sinn ergibt, sich bei unparteiischer Betrachtung jedoch als eine sinnlose Aneinanderreihung und Überlappung von Einzelereignissen auszeichnet. Wie die Menschheit jemals zu dem Schluss kommen konnte, es gäbe eine allgemeine Geschichte, eine Geschichte aller Menschen, in der sie dasselbe taten und empfanden, war mir immer schon absurd vorgekommen. Alles bestand aus Momenten, die sich als Impressionen in unseren Köpfen einbrannten, um zu dauerhaften Geschichten und schließlich zu unserer eigenen Interpretation der Wahrheit zu werden. Nicht so bei dem, was folgen sollte. Es blieb für immer eine lose Aneinanderreihung von Momentaufnahmen, die sich nicht aneinanderfügen wollten.

Der Nacken spannte sich, der Kopf richtete sich auf, Blick nach vorne auf das Kreuz surrealer Ausmaße, dem ein zerschundener Körper in verrenkter Position angehörte. Eine Drehung um die eigene Achse, 180 Grad, schwere Holztüren vor dem Blickfeld. Bewegungen, die ferne Laute in den Raum holten, ein rhythmisches Klopfen auf dem roten Teppich, der den Ausgang immer näher zog, wie ein Fließband. Links und rechts Holzbänke, die sich schnell abwechselten. Eine Hand auf dem gusseisernen Türöffner. Kontrast, weiß auf schwarz. Die Holztür eröffnete unter hoher Anstrengung den Blick auf das durchbrechende Grün. Eine trauernde Weide hielt Wache über einem Grab, dessen schwarzer Stein golden beschriftet war. Die Farbe blitzte trotz fahlen Lichtes. Dahinter offenbarte sich eine Ansammlung hoher Bäume, deren knarrende Äste sich raschelnd vereinigten. Abermals klopfende Laute, tiefer aber. Der Boden, hart. Ein grauer Himmel hing tief über dem Haupt der Erde. Die Mauer zog vorbei. Dann eine gänzlich neue Umgebung. Bäume, Büsche mit roten Punkten, schwarzes Holz vorne, hinten, auf der Seite. Und durch alles hindurch sanftes Pochen, unterbrochen von plötzlichem Knacken. Rauschen am Himmel, der von Blättern erfüllt war, ein Meer aus grünen Nuancen.

152

Umzingelt von Bäumen, die immer näher rückten mit riesig langen Armen. Schatten vereinigten sich konzentrisch, Dunkelheit wuchs an. Dumpfer, Tiefer, Ferner. Die Lider öffneten sich. Eine Frau, blaue Augen, besorgter Blick, kniete sich nieder. Knacksen der Äste unter den Füßen, dann Stille. Lippen bewegten sich, Worte wurden geflüstert. Braune Haare kringelten sich an ihrer Stirn unter dem Regen. Das Laub war nass. Eine weiße Hand arbeitete sich den Weg nach vorne, ergriff eine andere. Schmerz aus der Ferne. Der Regen schwoll an, man merkte es an den pistolenartigen Geräuschen im Laub. Die Haare klebten an der Stirn. Sie zog den viel zu schwachen Körper in die Höhe. Immer noch eine Hand in der anderen. Moos schoss aus allen Ecken hervor, sog wie ein Schwamm den Regen auf. Die Schritte diesmal gedämpft. Weiße Kieselsteine zeichneten sich gegen das braune Laub ab. Ein Weg. Irgendwann öffnete sich das Arsenal von Bäumen. Dann: Finsternis.

XII

Ich war am Feld zusammengebrochen. Direkt neben Mutters Grabstein, wo der Rest der Trauernden sich versammelt hatte, alle mit Regenschirmen in den Händen und Rosen bereit zum Werfen. Die vier Sargträger, sichtbar bemüht, die Sache schnell hinter sich zu bringen, um noch einigermaßen trocken nach Hause zu gelangen, waren gerade dabei, den schweren Holzkasten in die Erde zu pflanzen. Linda erzählte mir nachher, ich wäre nicht bei Bewusstsein gewesen, doch sie hätte noch eine Rose für mich ins Grab geworfen, bevor sie mich zurück in die Klinik gebracht hatte. Ich war ihr dankbar dafür. Seit dem Tag des Begräbnisses waren nun einige Wochen vergangen. Es waren keine einfachen gewesen, alles stand Kopf, ich erkannte mich selbst nicht mehr, war zutiefst verunsichert ob der scheinbar unterschiedlichen Wahrnehm-ungen, die ich von Zeit zu Zeit hatte. Manche Geschichten passten schlicht nicht zusammen, doch ich begann mich damit abzufinden. Linda besuchte mich regelmäßig, sie war derart besorgt um mich, dass sie ihre Gefühle nicht einmal vor mir verbergen konnte, ihre Augen sprachen Bände. Sie brachte mich dazu, wieder regelmäßig zu schreiben, auch wenn ich meine eigenen Worte nicht ertragen konnte. Gemeinsam saßen wir in meinem Zimmer und schrieben, sie auf ihrem Computer tippend, ich altmodisch mit dem gespitzten Bleistift in meinen Block kritzelnd, es waren erträgliche Momente, die mich entfernt an unsere gemeinsamen Jahre am See erinnerten. Ich schrieb auf Empfehlung meiner Therapeutin alle Momente auf, die mich zu dem machten, der ich glaubte, heute zu sein. Ich schrieb über meine Kindheit in dem großen Haus, zu viert, mein andauerndes Schweigen, welches kein Urteil, sondern freie Wahl war. All das Leid, dass aufgrund meiner übrigen, deutlich verstärkten Sinne auf mich einströmte und immer stärker wurde, ohne dass ich jemanden darüber in Kenntnis setzen konnte. Die peinliche Betretenheit meines Vaters, wenn wir gemeinsam in der Öffentlichkeit waren, die stillen Vorwürfe meiner Mutter und der Scham meines Bruders, wenn ich abermals überfordert von der Welt auf dem Weg zur Schule zusammenbrach, bestärkten mich in meinem Gefühl des Ausgeschlossenseins aus einer Familie, der ich schließlich nicht länger angehören wollte. Der Wendepunkt, der mich damals zu einem anderen Menschen gemacht, mich so gänzlich gewandelt hatte, war mir immer noch nicht zur Gänze klar. War es der Moment gewesen, an den ich mich beim besten Willen nicht erinnern konnte, der Moment, als unsere Hasen gestorben waren und ich Mutter Fragen über den Himmel stellte? Oder war es mein so oft nachgelebtes erstes Wort in der Küche gewesen, das „Nichts", das Antwort auf all mein Leiden war, Antwort auf die enttäuschte Frage meiner Mutter, was falsch mit mir sei? Es war nicht festzulegen, Tatsache war jedoch: etwas hatte mein geplagtes Dasein verändert und mich die Barriere des Schweigens überwinden lassen. Ich begann, mich an der Sprache zu erfreuen wie kein anderer, sie war in gewisser Hinsicht mein Lebenselixier und die Rettung meiner Familie. Wenn auch nicht Freude, so empfand ich damals doch Zuneigung zum Leben, während ich es zuvor als von Leid durchzogene Notwendigkeit wahrgenommen hatte. Ich blühte auf in dem Familienleben, dem ich mich zum ersten Mal zugehörig fühlte, genoss das Lernen in der Schule und die Tatsache, dass ich mich selbst verteidigen konnte. Doch auch dieser Zustand sollte sich verändern. Ich sollte mich verändern. Was zu der nächsten Wandlung führte, war mit Sicherheit der Abbruch der familiären Harmonie, der Morgen also, an dem mein Vater an meine Mutter Hand anlegte, an dem ich so naiv glaubte, Mutter würde Apfelstrudel backen, bis ich das entsetzte Gesicht meines Bruders in der Türschwelle erblickte. Sobald die Erkenntnis vollends in mich eingesickert war, war mir jegliche Ausdrucksmöglichkeit wieder genommen worden, ein tiefes Schweigen überlagerte mich abermals und mit ihm kamen auch meine ausgeprägte Sensibilität, der Weltschmerz und das Leid an jeglichem überschrittenen Maß – sei es übertriebene Lautstärke, eine zu große Farbpalette oder ein geringer

Körperabstand. Dunkle Schatten flochten sich in meine Gedanken ein, trübten den Tag und erleuchteten die grausame Nacht. Irgendwann legte sich die Extremsituation im Familienhaus wieder einigermaßen, wenn es auch niemals werden würde wie in den wenigen Monaten des glücklichen Beisammenseins. Eisige Kälte stand in den Augen meiner Mutter geschrieben, wenn sie mit meinem Vater redete, die seinen waren erfüllt von Reue. Dennoch waren sie bemüht, die vorherigen Verhältnisse wieder herzustellen, nicht zuletzt um meinetwillen. Langsam taute mir die Kehle wieder auf und einige Worte fanden den Weg in die Außenwelt, doch meine Liebe zur Sprache hatte sich verflüchtigt. Es fiel mir schwer, mich präzise auszudrücken, ich verbiss und verklemmte mich an Lauten, die mir schließlich im Hals stecken blieben und auch die Bedachtsamkeit, mit der ich mich einst auszudrücken pflegte, war einer Art gehetztem Ausspucken der Worte gewichen. Die nächsten Jahre meines Lebens sollten von Einsamkeit geprägt sein, in die ich immer tiefer verfiel, die mich vereinnahmte und in einem durchsichtigen Kokon der Selbstkritik einbettete, der sich mit dem Verlassen des elterlichen Hauses nur noch verstärkte. Dennoch zeigte ich mich nach außen hin als ein Geheilter, machte ich mir doch Schuldgefühle ob der Umstände der anderen. Ich ging zum sonntäglichen Familienessen, redete, lachte und ließ mich von Mutter sogar auf die Wange küssen, nur um im Anschluss in meiner Wohnung unter der Bettdecke leise an den Farben, Formen und Geräuschen zu ersticken. Nachdem ich in der Fleischerfiliale fröhlich vor mich hin summend Hühnchen, Rind und Schwein ausgeteilt hatte, rundete ich den Tag mit einer Flasche Wein sowie drei Zigarettenpackungen ab, die den Blick auf das irritierende Chaos meiner Umwelt nur noch weiter verschärften. Irgendwann änderte sich mein Umstand erneut: Mit sechsundzwanzig Jahren machte sich dies am deutlichsten bemerkbar, als ich nach einem viel zu schrillen Klingelton, der mir höchste Schmerzen bereitete, aus meiner Wohnung abgeholt wurde. Ohne jede Vorwarnung. Ohne. Jede. Vorwarnung. Doch nach all den Jahren, in denen ich mir den Kopf darüber zerbrochen hatte, nahm plötzlich eine ferne Erinnerung Gestalt an. Sie hing zunächst nur an einem Strang vor mir, ich vermochte sie nicht zu erfassen, so weit ich mich auch streckte, so sehr ich mich anstrengte. Wie eine Katze, die einem Wollknäuel hinterherjagt, jagte ich einer Erinnerung nach, die sich vor mir zu verstecken versuchte. Doch schließlich fügten sich die Bilder zusammen und eine klare Szenerie spielte sich vor meinen Augen ab.

Gerade war ich dabei, exakt zweihundert Gramm Räucherschinken für Frau Libkins abzuwiegen. Es war ihr immer äußerst wichtig, dass es genau die bestellten zweihundert waren, nicht mehr und nicht weniger. Sie wollte genau wissen, woran sie war und von einer Preissteigerung direkt erfahren, wenn sie denn stattfand. Während ich meine vollste Konzentration dem Messer in meiner Hand widmete, mit dem ich eine zehn-Gramm-Scheibe Schinken von dem Haxen zu schneiden versuchte, klingelte die Glocke an der Tür leise. Verwundert über den angenehm gedämpften Klang – normalerweise kam er mir kreischend laut vor – hob ich den Kopf und fand mich in ihren herrlich tiefen, dunkelblauen Augen wieder, die eine versichernde Ruhe ausstrahlten. Ich hätte versinken können in dem Meer aus

Sicherheit, Geborgenheit und dem kindlichen Interesse, das aus ihnen sprach, doch nach einigen Sekunden räusperte sich Frau Libkins, deren Schinkenscheibe mir unter der Ablenkung viel zu dick geraten war. Eilig schnitt ich eine neue und legte sie zu dem Haufen Räucherschinken dazu, der zum Unbehagen der seligen Frau Libkins nun zweihundertfünfzehn Gramm wog, doch damit musste sie den einen Tag lang leben lernen. Nachdem sie – nicht ohne einen entnervten Seufzer von sich zu geben – bezahlt hatte, konnte ich mich endlich wieder dem Mädchen mit den lieblichen Augen hingeben, die mich mit ihrem tiefen Blick so intim berührte. Sie gab irgendeine Bestellung auf, ich bereitete sie ihr, doch es war unwichtig, sofort gingen wir ineinander auf, waren uns auf seltsame Weise vertraut. Von dem Tag an kam sie jeden Tag in die Fleischerei, um auf eine Initiative meinerseits zu warten, wie sie mir Jahre später mit einem sonnenerfüllten Lächeln erzählte. Erst nach etwas über einem Monat trat sie dann selbst an mich heran und übergab mir auf einer kleinen Serviette, direkt unter der Aufschrift „Fleisch macht mich heiß – Fleischer Thomas", ihre Telefonnummer unter ihrem verschnörkelten Namen, Linda. Mehrere Tage tat sich nichts, ich schämte mich, sie anzuschreiben und wollte sie im Dunkeln über meine tatsächliche Person lassen, doch schließlich brachte ich die Kraft auf, ihr eine Nachricht zu hinterlassen. Eine krächzende Stimme, verzerrt und fremd klingend, röchelte: „Hallo, ich bin's, vom Fleischerladen". Zu mehr reichte es nicht. Doch über mehrere Wochen hinweg hinterließen wir uns gegenseitig immer längere und intensivere Nachrichten. Sie erzählte mir aus ihrem Leben, von ihrer Beziehung, die vor geraumer Zeit zerbrochen war und der Trauer, die sie seitdem zu bewältigen versuchte und langsam öffnete auch ich mich, gab ihr immer mehr von meiner Welt preis, bereit, sie verstört wieder in die Ferne schicken zu müssen. Doch sie blieb. Bis zu jenem schummrigen Dienstagmorgen, der mir aufgrund seiner scheinbaren Farblosigkeit gefiel, weshalb ich guter Laune aus dem Bett sprang und meine Morgenroutine verfolgte. Ich war gerade dabei, den Tee aufzusetzen, als das Telephon läutete. Wie wir es uns ausgemacht hatten, wartete ich geduldig auf das Ende des furchtbar lauten Klingeltons und ließ sie auf den Anrufbeantworter sprechen, um sie in Ruhe ausreden zu lassen. Wir waren beide der Meinung, bei Gesprächen, die nicht vis à vis voneinander stattfanden, ginge die eine wichtige Komponente verloren: die des intuitiven Gefühls, wann der andere fertig war und man selbst an der Reihe war, zu reden. Weil wir – oder besser gesagt ich – noch nicht bereit waren, uns außerhalb meiner Arbeitszeiten persönlich zu sehen, beschränkte sich unser Austausch auf lange Monologe, auf den Anrufbeantworter des jeweils anderen gesprochen. Nun erklang also das hohe Piepsen, dann erhob sich eine Stimme. Ich schrak auf. Die Stimme am anderen Ende war krächzend und rau, sie vermochte den Raum nicht in feierliche Stimmung zu versetzen, wie es bei Linda gewöhnlicher Weise der Fall war, sondern sog alle Luft aus mir heraus. Es war eine Männerstimme, hörbar angespannt und von Wut übermannt. Hör zu, ich weiß nicht, was sie dir erzählt hat, aber halt dich fern von Linda. Was auch immer zwischen euch war, hört hier auf. Sie hat mir öfters versichert, ihr redet nur übers Telephon, aber wer's glaubt wird selig. Ein verächtliches Schnauben. Halt dich fern. Hab' ich mich klar ausgedrückt?

Irgendetwas musste doch noch in mir gesteckt haben. Unter normalen Umständen hätte ich mich zurückgezogen, wäre vielleicht sogar ein wenig erleichtert gewesen, mich unter einem Vorwand wieder in meine alles umfassende Einsamkeit zurückziehen zu können, doch diesmal war alles anders. Ich war bereit, um sie zu kämpfen. Über meinen tot geglaubten Kämpfergeist, der mir die Brust anschwellen ließ, überrascht, war ich mir doch auch darüber im klaren, dass ich ihr Unrecht tat. Würde mein Wunsch in Erfüllung gehen, wäre sie nicht nur ihres Gefährten beraubt – von dem sie sich vielleicht oder vielleicht auch nicht vor einiger Zeit schon einmal getrennt hatte –, sondern auch um die Möglichkeit eines normalen Lebens. Denn ich wünschte mir zwar ihr offenes Ohr, ihre ruhigen Augen und ihre weichen Gesten, aber nicht ihre Berührung, ihren Atem auf meiner Haut oder gar andere Intimitäten. Das war eine Schuld, die ich in jenem denkwürdigen Moment auf mich nahm, ohne zu wissen, dass ich jahrelang darunter leiden würde, nur um schließlich endgültig daran zu zerbrechen. Ich stellte einen Plan auf, wie ich – ohne ihren einschüchternden Freund davon in Kenntnis zu setzten – mit ihr in Kontakt treten konnte. Ich hielt alles, was sie mir erzählt hatte in einem Notizblock fest:

mit Freund schlussgemacht (?), er: einschüchternd, rau
mag Hühnchen, aber nur die Keule, nicht die Brust;
ferner Faschiertes und Speck, aber kein Lamm
nimmt Jogastunden in dem Jogacenter nahe der
Fleischerei (deswegen Jogginghose)

fährt ins weitere Einkaufszentrum, um die guten Früchte
zu kaufen, die sie zum Huhn kocht
schreibt Gedichte und liebt die Bücher von dem kleinen
Buchgeschäft in der Stadt (suchen!)

Tagelang verbachte ich mit dem Schmieden von Plänen und dem Auskundschaften der beschriebenen Orte. Einige Male lief ich ihr über den Weg, doch sie schien sich darüber keine Gedanken zu machen und wirkte eher angenehm erfreut. In ihre Augen hatte sich ein Funke von Scham gemischt – seit dem Anruf ihres Freundes hatte sie mir keine Nachricht mehr hinterlassen. Sie war ihm doch verschrieben. Doch das hielt mich nicht ab. Irgendwann war ich bereit, meine Vorbereitungen in Taten zu gießen. Ich begann, dieselbe Jogaklasse zu nehmen, was sich ob meiner versteiften Gelenke als unsägliche Peinlichkeit herausstellte, doch es war mir die Erweiterung meiner Liste allemal wert:

hat einen kleinen Hund, obwohl sie ein wenig allergisch
ist
schämt sich für das Verbot ihres Freundes, mit mir zu
sprechen
liebt Tee für ihr Leben gerne – am meisten Kamillentee,
weil er eine beruhigende Wirkung hat
nimmt hin und wieder Massagen nach dem Joga
ihre Eltern sind geschieden seit sie neuneinhalb ist

Bei einem spontanen Ausflug ins weitere Einkaufszentrum, das tatsächlich ausgezeichnete Früchte besaß und einem mehr als peinlichen Zusammentreffen dort konnte ich meine Liste abermals erweitern:

Lieblingslied: gibt es nicht, sie mag nur klassische
Musik; davon Chopin, Mariage d'Amour
Lieblingsessen: Pastete, aber nur die französische, nur
für besondere Anlässe
streitet sich oft mit ihrem Freund, manchmal über mich
sie wohnt im selben Viertel wie ich, in demselben Haus,
in dem sich das Tierheim befindet; von dort hat sie
ihren Hund gekauft

Dieser letzte Eintrag versetzte mich in fiebrige Erwartung. Ich wusste, wo sie wohnte, hatte die Möglichkeit, jederzeit bei ihr anzuklopfen und ihre Wohnung zu betreten. Ich wollte nichts mehr, als mich auf ihre Couch zu legen, ihr gegenüber zu liegen und einfach zu reden, die ganze Nacht hindurch wollte ich ihr zuhören und sie mit meinen Geschichten erfüllen. Doch ich tat nichts dergleichen. Soweit kam es nicht. Nachdem sie mir während einer Jogastunde erzählt hatte, sie hätte sich mit ihrem Freund gestritten, nahm ich aufgrund ihrer offensichtlichen Wut an, sie hätte die Beziehung endgültig beendet. Deshalb begann ich abermals, ihr lange Nachrichten auf den Anrufbeantworter zu sprechen, erzählte ihr so vieles von mir, was ich niemandem zuvor anvertraut hatte und wollte ebenso viel von ihr wissen. Doch sie rief nicht zurück. Verzweifelt ihre liebliche Stimme abermals zu vernehmen, zerbrach ich mir den Kopf darüber, wie ich sie auf mich aufmerksam machen konnte. Einige Tage verbrachte ich in der Bibliothek, auf der Suche nach einer Antwort, während ich mich durch unzählige Ratschläge über Blumenbouquets, Herzplüschtiere und Schokoladepralinen durchblätterte. Schließlich kaufte ich – inspiriert von einem verstaubten Buch, das die Wertigkeit von persönlichen Aufmerksamkeiten hochpries – ein Teeset mit mehreren teuren Packungen Kamillentee „zum Durchprobieren" für sie. Ich war in verschiedenste Geschäfte gegangen, um das perfekte Keramikgeschirr mit dem perfekten Aufdruck zu finden, bis ich schließlich auf ein wunderschönes stieß, das ich sogleich erstand. Es beinhaltete neben einer flachen, asiatischen Teekanne aus dicker Keramik mit großen Knubbeln und einem Drachenaufdruck auch noch zwei flache Tassen, die sich perfekt in die Hand fügten und mit ihrer schlichten Form die Eleganz der beiliegenden Vase unterstrichen. „In China serviert man kaltes Wasser zum Tee, damit sich niemand die Zunge verbrennt. Sehr zuvorkommend, die Chinesen, nicht wahr?", hatte mir die alte Verkäuferin erklärt. Mir gefiel die Form der Vase außerordentlich. Beinahe war sie vollkommen, nur mit einer winzigen Einkerbung in der Mitte, die mir gar nicht aufgefallen wäre, hätte ich nicht zu Hause das Preisschild heruntergekratzt, das sich genau auf der besagten Stelle befand. Am nächsten Tag schickte ich ihr den Krug per Post zu. Dann wartete ich. Ich wartete nicht lange, fünfzehn Stunden und ich hatte meine Antwort. Die weiß gekleideten Männer, die meine Tür eintraten, gaben sie mir.

XIII

Die Täuschung ist
des Menschen Knecht,
er ist ihr Ross.

Gespann auf, Sattel ab,

Übermut geht durch.

Einige Dinge sieht man sein Leben lang getrennt, als würden sie auf keine Weise zusammenpassen, nur um irgendwann festzustellen, dass sie eigentlich untrennbar vereint sind. Wie Gut und Böse gehören sie zusammen, widersprechen und ergänzen sich zur gleichen Zeit, können ohne das Gegenstück nicht sein und stehen sich doch gegenüber.

Wie nur hatte ich meine anfängliche Obsession mit Linda nicht mit der Einweisung in die Klinik in Verbindung bringen können? All die Jahre hindurch hatte ich meine Eltern dafür verantwortlich gemacht, mich noch ferner von ihnen distanziert als es ohnehin schon der Fall war. In Wahrheit sollte es Linda gewesen sein? Linda, der ich mich anvertraut hatte, wie keiner anderen Person auf dieser Welt, die mich genährt und verstanden hatte. Linda, die mich mit unendlicher Geduld in eine Welt eingeführt hatte, die nicht mehr bloß von Schmerz und Leid, sondern auch von Liebsamkeit und Lebensfreude geprägt war. Linda, die Stütze, die mich so oft vor dem Zusammenbruch bewahrt hatte, meine Rettung im letzten Moment, meine Heimat. Hatte ich mich derart in ihr getäuscht? Ich setzte den Bleistift ab und blickte von meinem Notizblock auf, um einen Blick auf ihr unschuldiges Gesicht zu erhaschen, das sich während des Schreibens konzentriert zusammenzog, sodass sich leichte Falten zwischen ihren feinen Augenbrauen abzeichneten. Sie saß mir gegenüber auf einem Stuhl am kleinen Tisch und wurde von goldenem Abendlicht beleuchtet, das durch das Fenster fiel und ihre Haare zum Glänzen brachte. Ihre Finger huschten flink über die

Tasten des Computers und erzeugten dabei leise Klackergeräusche, die in unregelmäßigen Abständen kurz abschwollen, nur um Sekunden später umso schneller wieder einzusetzen. Eine Weile lang beobachtete ich sie still, erinnert an so viele Momente des gemeinsamen Arbeitens, des stillen, konzentrierten Beisammenseins, in denen wir das weiterbrachten, was unsere Passion, unsere Bestimmung war, unsere gemeinsame Liebe. Die Literatur. Die Kunst. So viele Momente flogen an mir vorbei, in denen ich ihr einen unauffälligen Seitenblick zuwarf, mein Glück nicht fassend, dass ich mit ihr sein durfte. Hundert Orte, tausend Worte hatten sich in mir festgesetzt: Gedichte, jeder sein eigenes, am Steg beim See; eine wundervolle Kurzgeschichte von Linda auf der Veranda; das gemeinsame Theaterstück in unserem Bett, die Laken über uns ausgebreitet, aufgeregt kichernd. Mit Tränen in den Augen starrte ich sie nun an, wie sie vor mir saß, in goldenes Licht getaucht, die Lippen bewegt, während sie die Worte nachzeichnete, die in ihrem Kopf umherschwirrten. Ich wollte sie ein letztes Mal aufsaugen, ihre Präsenz spüren, mir vormachen, sie sei nur für mich hier und ich der glücklichste Mensch auf diese Welt.

Doch sie hatte immer schon bemerkt, wenn ich sie länger anstarrte. Das stetige Tippen hörte schlagartig auf, sie hob den Kopf mit einem Lächeln im Gesicht, das sich bis zu ihren Augen erstreckte und die kleinen Falten an ihren Rändern zum Vorschein brachte. Doch ihr spielerisches Lächeln verschwand sogleich, als sie den Ernst in meinem Blick sah und die Tränen, die ich vergossen hatte. Ich für meinen Teil schaute ihr nur still in die tief dunkelblauen Augen, die mich das erste Mal so zart berührt hatten. Sie strahlten dieselbe Ruhe aus, dieselbe Lebensfreude und dieselbe Einladung an mich, an dieser Welt teilzuhaben, doch diesmal nahm ich all dies nicht als ein unglaubliches Geschenk wahr, erfreute mich nicht an ihrer Selbstlosigkeit oder der Leichtigkeit, mit der sie an die Dinge heranging. Jede Sekunde, in der ich aus ihren Augen Zuneigung oder Sorge um mich ablesen musste, bestärkte mich mehr in meiner Wut. Der innere Groll schwoll mit jedem Schlag ihrer geschwungenen Wimpern, mit jeder Geste, die sie in meine Richtung machte, jeder unausgesprochene Frage, die zwischen uns stand, an. Ihr immer noch in die Augen starrend, wurde mir unbändig heiß, ganz so, als würde ich einen kleinen Funken in mir tragen, der rasch zu einer Flamme heranwuchs, nur um sich als lodernder Waldbrand auszubreiten. Ich begann vor Wut unkontrolliert zu zittern, sodass der schiefe Tisch zu wackeln begann. Schwarze Flecken durchzogen meine Sicht und breiteten sich über das gesamte Blickfeld aus, bis nur noch die zwei dunkelblauen Augen blieben. Sie gaukelten noch immer eine Geborgenheit vor, eine Selbstsicherheit, die mich unbändigen Zorn spüren lies. Der Stuhl aus hartem Holz unter mir vermochte mich nicht mehr zu halten, der lodernde Zorn in meinem Inneren drückte meine steifen Knie durch, die mich so schnell in die Höhe schoben, dass mein Sitz umfiel und ein lautes Geräusch auf dem Linoleumflur erzeugte. Ich nahm es kaum wahr, all meine Energie, die ganze Wut und alles, was ich noch hatte, war auf Linda gerichtet, die immer noch seelenruhig mir gegenüber saß, den Computer vor sich, die Hände im Schoß gefaltet wie zum Gebet. Ein unbändiger Drang, Linda anzufassen überkam mich. Ich wollte sie berühren, wie ich sie noch nie zuvor berührt hatte, ihre Haut gegen die meine spüren und ihren gesamten Körper zugleich in mir aufsaugen. Das zornige Verlangen fraß mich beinahe selbst auf, so sehr langte ich nach physischer Nähe. Ich wolle sie drücken, fest in meine Arme pressen und nie wieder loslassen, sie lieben und leiten, streicheln und küssen. Unter dem bitteren Verlangen jedoch stand immer noch lodernde Wut, unbändiger Hass.

Das Geräusch des aufprallenden Stuhles auf dem Boden, meine heiße Wut, das Verlangen nach Linda und meine rot angeschwollenen Hände um ihre porzellanweiße Kehle waren die letzten Dinge, an die ich mich erinnern konnte. Noch weniger konnte ich mir erklären, weshalb ich gleich am folgenden Tag aus der Klinik entlassen wurde. An jenem schwarzen Tag kam die junge Psychiaterin in mein Zimmer, warf mir einen langen, zweifelnden Blick zu und teilte mir dann mit, dass der Oberarzt Anleitungen zu meiner fristlosen Entlassung gegeben habe. Ich sei nun frei zu gehen. Ein letzter besorgter Blick und sie verließ den Raum, ihre dunkelbraune Haarmähne hinter sich hertragend. Verwundert packte ich meine Sachen zusammen und ging zum Eingangsschalter, um die Information zu verifizieren. Alles korrekt. Also verließ ich zum dritten Mal in meinem Leben die Klinik. Auch dieses Mal unterschied sich in allen Facetten von den vorangehenden beiden Malen, ich wollte weder laufen, wie ich es beim ersten Mal getan hatte, die Beine in der Luft schwingend, bis sie schmerzten, noch zurück unter meine heimelige Decke in den weißen Hallen kriechen, wie ich es mir beim zweiten Mal so inbrünstig gewünscht hatte. Stattdessen machte ich mich langsam und ganz vorsichtig, um die Idee meiner tatsächlichen Entlassung nicht zu zertreten, auf den Weg zu meiner Wohnung, die ich nicht mehr betreten hatte, seit ich sechsundzwanzig Jahre alt gewesen war. Dort angekommen, ließ ich meinen Sack auf den Boden fallen, wo er einen hölzernen Abdruck auf den verstaubten Boden zeichnete und eine Wolke heraufbeschwor, durch die ich seelenruhig marschierte. Ich schritt den weißen, langen Gang entlang, der dem der Klinik sehr ähnelte und ließ mich schließlich auf das Bett in meinem eintönigen Zimmer fallen. Ich schlief dreiundzwanzig Stunden traumlos durch.

Oft dache ich noch über all die Ereignisse nach, die mein Leben verändert hatten, die mich zu dem Menschen gemacht hatten, der ich nun war. Ich dachte an die Klinik mit den weißen Wänden, den Hallen und Zimmern, die alle gleich aussahen, den Bewohnern, die entweder schreiend laut oder elendiglich stumm dahinlebten und an den G'scherten, dessen Tod ich vielleicht oder vielleicht auch nicht verschuldet hatte. Seine letzten Worte schwirrten mir nach all den Jahren noch im Kopf herum. Erfasste ich deren Sinn auch noch immer nicht ganz, so war ich mir doch sicher, zumindest eine winzige Facette zu erfassen. Wir sind nicht Singular…Parallel. Ich dachte an das kleine Mädchen, das keinen Namen hatte und fühlte abermals Schuldgefühle hochkochen, die erst sie mir mit ihren Worten eröffnet hatte. Doch am meisten dachte ich an Linda. Linda, die Liebe meines Lebens, die Ruhe in Person, die meine Rettung gewesen war. Sie hatte mich damals aus der Klinik geholt, mich aufgebaut, langsam aber sicher einen Sinn in mich eingegossen und mir Freude am Leben gegeben. Mit ihr hatte ich die Kunst entdeckt, die wir zu unserem einzigen

Inhalt machen wollten und unter deren Ästen wir zwei bis zum Rand gefüllte Jahre glücklich miteinander verbracht hatten. Unzählige Bilder zeichneten sich vor meinen Augen ab: Linda, die mit einer Gitarre auf dem Schoß ein tränenrührendes Lied vor dem Lagerfeuer sang, das wir beim See angezündet hatten, um die Gelsen zu verscheuchen. Linda, die vollends entblößt in den See sprang, ein Lächeln auf den Lippen und mit glänzenden Augen. Linda, die ihren Körper erotisch auf der Jogamatte verrenkte, während ich in der Küche Frühstück anrichtete. Und schließlich eine weitere Erinnerung, eine die wichtiger war, eine, die mich mehr prägte, als all die anderen: Linda, die tränenüberströmt auf dem Sofa saß, mir einen Albtraum schilderte, der ihr schmerzlich klar machte, was sie mit mir verpasste, ein hilfloses „Immer" meinerseits in der Luft, das meine Rückkehr in die Klinik ankündigte. Mit der Zeit sah ich sie schließlich anders. Sie tat mir immer noch unendlich gut, heilte meine Wunden und nährte schöne Gedanken, doch sie ließ auch Dunkles hochkommen, die Schuld, meine Unfähigkeit, die Reue. Dann dachte ich daran, wie sie mich abermals aus der Klinik holte, wie sie mich in ihre neue Wohnung zog, die so gut zu ihr passte und so schlecht zu mir, die mir auf subtile Art und Weise aufzeigte, was uns alles nicht gemein war. Dann die Nachricht des Todes meiner Mutter, abermals überbracht von Linda und abermals ein Moment, der mich nachhaltig verändern sollte, mich in einen verwandeln würde, der keine Familie mehr vorzeigen konnte. Die Mutter gestorben, Bruder und Vater in einender Peinlichkeit verstummt.

Nun hatte sich eine weitere Erinnerung unter die vielen gemischt, eine, die ich noch nicht vollends erfassen konnte, die ich noch nicht einmal als ganzes Gestalt angenommen hatte. Doch sie war schwer, wie sie an die Pforten meiner Innenwelt klopfte. Noch war ich nicht bereit, sie an mich heran zu lassen. Nur ihre Vorreiter, Zorn, Gier und Verlangen kündigten abgeschwächt an, was kommen mochte.

Dann stand sie eines Tages vor mir. Die grüne Vase auf dem Schreibtisch. Zunächst hatte ich nur eine dunkle Vorahnung und tastete das grüne Porzellan ab. Schließlich fand ich die leichte Einkerbung in der Mitte. Ich streckte meine Arme hoch über dem Kopf aus und hielt inne, den dunklen Schatten, den ich gegen den hellen Holzboden warf, betrachtend. Dann ließ ich die grüne Vase aus den höchsten Himmeln fallen und beobachtete ihren Fall, während dem sie zunächst langsam, dann immer schneller dem Erdboden zusteuerte, ihrer Zerstörung entgegen. Einen Moment lang, ganz kurz vor dem unvermeidbaren Aufprall, schien sie sich kurz zu verlangsamen, die Szene verging schleppend langsam, doch dann zerschellte sie in tausend Einzelteile, die sich nie mehr wieder zusammenfügen lassen würden. Ich bückte mich, umrundete das Kunstwerk aus gebrochenen, geschliffenen und rohen Linien, die sich gegen den braunen Holzboden abzeichneten. Jede einzelne von ihnen trug eine Geschichte in sich, eine Erinnerung, einen Moment. Alle wollte ich sie gleichzeitig anfassen, sie fühlen und nachleben, bis ich sie in all ihren Einzelheiten für immer in mir gespeichert hatte. Meine Finger tasteten alle Ecken, Kanten und Spitzen ab, schnitten tiefe Wunden in meine Haut, bis das Blut rote Linien auf grünes Porzellan zeichnete. Immer näher, immer mehr wollte ich die Momente in mich aufnehmen. Die Scherben drückten sich fest in meine Haut, zogen Narben, die mich zeichnen und nie wieder verheilen würden. In manischer Begeisterung um die Erinnerungen, die sich vor mir auftaten, die unzähligen widergespiegelten Lichter, jedes mit seiner eigenen Geschichte, kniete ich mich immer tiefer in den Scherbenhaufen, bis meine Knie mit warmen Blut überströmt waren. Ich wollte alle zugleich sehen und doch jedes kleinste Detail in mich aufnehmen, sodass ich meinen Kopf immer näher an die winzigen Scherben neigte. Ich erblickte meine feine Nase, den schmalen Mund und die dunklen Ringe unter den ausgehöhlten Augenringen. Aus jeder Scherbe starrte mir eine andere verzerrte Grimasse entgegen, verstellt, aufgedunsen, hässlich. Die Fratzen flößten mir Angst und Schrecken ein und doch war ich fasziniert von den winzigen Spiegeln. Immer näher, immer tiefer, immer klarer. Alle wollte ich sie in mir haben, jede von Blut überzogene Erinnerung, jedes verzerrte Phantom meiner selbst.

Das letzte, was ich spürte, waren die warmen Blutflüsse, die meinen Körper überzogen und den erlösenden Schmerz, der meinen gesamten Körper durchzog. Doch mein Kopf war endlich frei von allem.

Im Fluss treiben Gestalten
Verstellt, aufgedunsen rudern sie
gegen den Strom, der sie weitertreibt
Richtung Abgrund, der ihnen beschert´.

Im Fluss treiben Körper,

Verschollen, verloren fliegen sie
dahin auf dem grausamen Wasser,
das sie aufnimmt und mitnimmt in sich.

Im Fluss liegen Opfer, tief unten,
aufgelöst liegen sie still am Grund,
der endlosen Stille vermacht,
schweigen

Zeitfracht Medien GmbH
Ferdinand-Jühlke-Straße 7
99095 Erfurt, Deutschland
produktsicherheit@kolibri360.de